ARCHE

»Sie hatten keinen Mut gehabt. Beide waren sie in ihre Erziehung verstrickt, waren gehemmt und befangen. Sie hatten keine Ahnung gehabt, dass das Leben immer die Oberhand gewinnt über die Liebe, dass man, ob man will oder nicht, allmählich einem Schicksal entgegentreibt, das man nicht mehr im Griff hat, dass man Abzweigungen nimmt gleich Türen, die uns auf Gänge führen, Gänge, die zehn, zwanzig, dreißig Jahre lang sind, dass wir oft einen Menschen heiraten, den wir nicht lieben, dass wir die Liebe unseres Lebens aus lauter Vorsicht, Pech oder Unachtsamkeit verpassen, dass wir Kinder nicht mit denen kriegen, die wir lieben, diese Kinder später aber der Grund dafür sind, dass wir mit ihnen zusammenbleiben, und auch der Grund, weshalb wir schließlich doch auseinandergehen.

›Ich freue mich, dich zu sehen, Amélie‹, flüsterte Vincent.«

ÉLIETTE ABÉCASSIS, geboren 1969 in Straßburg, ist Autorin und Professorin für Philosophie. Ihr erster Roman, *Qumran*, wurde zum internationalen Bestseller, der in achtzehn Ländern erschien. Heute wird Éliette Abécassis für ihre literarische Betrachtung von Liebe und Partnerschaft im 21. Jahrhundert geschätzt. Sie ist Mutter zweier Kinder, engagiert sich für Frauen und Kinderrechte und lebt in Paris.

JULIA SCHOCH ist Autorin mehrerer Romane, u. a. von *Mit der Geschwindigkeit des Sommers*, *Schöne Seelen und Komplizen*, *Das Vorkommnis* und *Das Liebespaar des Jahrhunderts*. Aus dem Französischen hat sie neben anderen Fred Vargas übersetzt. Für ihre Übertragung von Georges Hyvernauds *Haut und Knochen* wurde sie mit dem André-Gide-Preis für Literaturübersetzungen ausgezeichnet.

ÉLIETTE ABÉCASSIS

Mit uns wäre es anders gewesen

ROMAN

Aus dem Französischen von Julia Schoch

ARCHE

Die Originalausgabe erschien 2020 unter dem Titel
Nos Rendez-Vous bei Éditions Grasset & Fasquelle, Paris

MIX
Papier | Fördert gute Waldnutzung
FSC® C014496

ISBN 978-3-7160-0024-3

Ungekürzte Taschenbuchausgabe
1. Auflage 2024

Lektorat: Kirsten Gleinig, Hamburg

Einbandgestaltung: Designbüro Lübbeke Naumann Thoben, Köln,
unter Verwendung eines Motivs von © Maskot/Getty Images
Gesetzt aus der Minion Pro
Satz: Pinkuin Satz und Datentechnik, Berlin
Druck und Bindung: GGP Media GmbH, Pößneck
Printed in Germany

www.arche-verlag.com
Instagram: arche_verlag

Mit uns
wäre es anders
gewesen

1

Es war auf einem langen Flur an der Sorbonne in Paris, ein Blickwechsel. Sie standen ganz einfach da, in derselben Warteschlange vor dem Sekretariat. Zwei Menschen, die Small Talk betreiben, wie es tausendfach im Leben geschieht.

Sie trug dunkle Kleidung, einen Pony und hinter einer Brille schwarzen Kajal, hatte ihre Jugend hinter sich und kam die Treppe ins Obergeschoss hinauf, das sie zusammen mit ihrer besten Freundin Clara betrat, diese in Rot und Schwarz gekleidet und halb verdeckt von einem zu großen Hut, sowie drei weiteren Freunden, allesamt Studenten an der Sorbonne. Sie teilten dieselben Ansichten und ein großes Apartment mit anderen Mitbewohnern, darunter ein junger Mann, der eine undefinierbare Sprache sprach, Griechisch, Kroatisch oder Schweizerdeutsch, und seit Monaten bei ihnen wohnte, ohne dass jemand wusste, woher er kam oder was er hier tat. Mitten im Quartier Latin, in einer Art besetztem Haus, wo sie Partys feierten, auf denen es Alkohol in Maßen gab und wo abends die Reste vom Hühnchen und leere Flaschen herumlagen. Die fünf hatten sich bei gemeinsamen Aktionen für SOS-Rassismus getroffen. Sie waren für Malik Oussekine auf die Straße gegangen, den Märtyrer der Demonstrationsbewegung gegen die Uni-Reform unter Devaquet. Abends verteilten sie Flugblätter und kämpften, sie wussten nicht genau, wofür, vielleicht nur, um ihren Tatendrang zu stillen.

Er kam aus Saint-Germain und schrieb sich für das dritte Studienjahr in BWL ein. Mit der Strickjacke über dem weißen Hemd, seiner Nickelbrille und dem lockigen Haar wirkte er halb dandyhaft, halb pariserisch. Er war höflich, zurückhaltend und Sozialist, weswegen er sich riesig gefreut hatte über die Wahl Mitterands. Neben ihm stand sein Freund Charles: Er stammte aus Korsika, blickte mit gekrauster Stirn finster drein, nur sein Lächeln wirkte spitzbübisch. Sie hatten sich an der Uni kennengelernt und kämpften gemeinsam gegen Rechtsextremismus.

Nach der Einschreibung ging das Studentengrüppchen in ein Café auf der Place de la Sorbonne, wo sie sich weiter über alles Mögliche unterhielten, darüber, was sie im Moment taten und was sie im Leben noch erreichen wollten. Schließlich stellten sie sich einander vor. Sie hieß Amélie, er Vincent. Sie stammte aus der Normandie, studierte Literaturwissenschaft und wollte Lehrerin werden. Sie war dunkelhaarig und hatte Schatten unter den Augen, die offen schienen für die ganze Welt, als entdeckten sie erstaunt ihre Farbe, ein schmaler, schlanker Körper, schüchternes Lächeln, fast noch ein Kind, gerade erst Frau. Sie fragte sich, ob er ihr wohl seine Telefonnummer geben würde, ob er Lust hätte, sie anzurufen, ob sie ihm genauso gut gefiel wie er ihr. Ob sie es ihm zeigen, lieber verbergen oder ganz verschweigen sollte. Ob sie hübsch genug war oder es irgendetwas an ihr gab, das ihm nicht zusagte, ihre große Nase, die zu hohen Wangenknochen, ihr furchtbarer Haarschnitt, ihr Äußeres, das nicht besonders weiblich war. Sie war beeindruckt von seiner Art zu reden, der Haarsträhne über den Augen, der Intensität seines Blicks, seiner warmen Stimme, die tief war und zugleich freundlich und weich. Er hatte ein selbstbewusstes, aber sanftes Wesen, war höflich und sehr gebildet, leicht unterkühlt, aber sympathisch. Ein Hauch von Originalität, wie eine kleine Verrücktheit. Manchmal spürte man, dass er wegdriftete, in Gedanken woanders war, nur mit halbem Ohr zuhörte. Er machte Musik, spielte Klavier, das war seine große Leidenschaft.

Später liefen sie durch Paris wie Touristen. Sie gingen über die Brücke auf die Île Saint-Louis, bewunderten die Seine im Sonnenuntergang, setzten sich ans Ufer und erzählten sich von ihrem Leben. Vincent war beeindruckt. Von ihrer Erscheinung – wie sie da zwischen den anderen vor ihm saß, so anders, schüchtern und aufregend. Ihr Gesicht wirkte unschuldig und verschmitzt zugleich. Er sagte sich, dass er einem Menschen begegnet war, der interessant, tiefgründig und gebildet war, der ihn zu verstehen schien, mit dem er reden könnte. Sie war reizend und sonderbar, wirkte ein wenig traurig, wie verloren in der Stadt. War es möglich, dass sie sich für jemanden wie ihn interessierte? Sie schien unnahbar. Und doch saß sie hier, direkt neben ihm, und sie redeten miteinander.

Sie, die stets dunkle Kleidung trug und sich nicht

wohlfühlte in ihrer Haut, egal was sie anhatte, tat oder sagte, drückte sich oft verworren aus, weil sie schüchtern war und kein großes Selbstbewusstsein besaß. Ihre Mutter hatte immer gesagt: »Wenn man so aussieht wie du, muss man doppelt gescheit sein.« Vielleicht machte sie ihn ja neugierig? Sie wagte nicht, daran zu glauben. Sie fand ihn sehr attraktiv, mit seiner Narbe auf der linken Wange, die an Robert Hossein in *Angélique* erinnerte, diesen Typen in einer Wolke aus Parfüm und ständig umringt von Mädchen! Seine feierliche Miene und dann der Blick, der sie bis ins Mark traf. Es ging etwas Faszinierendes von seinen Augen aus, seiner tiefen, beinahe zärtlichen Stimme, mit der er sie fragte, was sie machte. Sie fing an zu stottern, sie würde studieren, nebenbei unterrichte sie, um Geld zu verdienen, in ihrer Freizeit schreibe sie, sie liebe Kunst, Malerei, Bildhauerei, und manchmal jogge sie im Jardin du Luxembourg mit einem Walkman. Und er, war er aus Paris? Montmartre, der Hügel mit den Weingärten, ein großes Apartment, die Eltern Ladenbesitzer, sie verstanden nichts von dem, was er wollte, was er liebte: Musik. In seiner Jugend hatte er einen Lehrer gehabt, einen Nachbarn, der am Konservatorium im 17. Arrondissement unterrichtete und ihm das Klavierspielen beigebracht hatte.

Sie war nach strengen provinziellen Regeln erzogen worden, hatte ein geordnetes Leben geführt. Ihr Vater, ein Schuldirektor, ließ sie niemals ausgehen. In ihrer Jugend durfte sie nicht in Bars oder auf Partys – die ihre Eltern »Superpartys« nannten, ein Wort aus den wilden Sechzigern, die sie doch gar nicht wirklich kannten –, und auch Freunde des anderen Geschlechts durfte sie nicht mit nach Hause bringen. Obwohl sie 1968 zur Welt gekommen war, schien es, als hätte die Befreiung der Frau in ihrer Familie nie stattgefunden oder das Elternhaus wenigstens ansatzweise gestreift. Nachdem sie Simone de Beauvoir gelesen hatte, die ihr Vorbild, ihr großes Ideal wurde, hatte sie sich geschworen, sie würde eines Tages ein eigenständiges Leben führen. Sie flüchtete sich in die Literatur, in der sie sich spiegeln und die Wirklichkeit hinter sich lassen konnte.

An jenem Abend schien die Sonne über der schon sommerlich trägen Stadt. Die Leute schlenderten am Ufer der Seine und an den Cafés entlang. Alte, Junge, Kinder, Frauen, Männer, Verliebte. Auf den Bänken Pärchen. Straßen, die ins Marais führten, wo in einem fröhlichen Stimmengewirr direkt aus den Bäckereien und Restaurants heraus Falafel und Schawarma verkauft wurden.

Als die anderen beschlossen, nach Hause zu gehen, schlug er ihr vor, noch irgendwo einen Kaffee zu trinken. Warum nicht. Sie hatten Zeit. Sie unterhielten sich lange auf der Brücke, gingen ein Stück, blieben bei einem Bouquinisten stehen an einem Stand am Ufer der Seine. Dort fand man für wenig Geld Liebesromane, Thriller, Unterhaltungsliteratur, Kitschromane, dicke Schmöker, spannende, neue und alte Bücher, Science-Fiction, Schulbücher, Essays, Psychologie- und Philosophiebücher, Geschichtsbücher und Bücher mit Geschichten und sogar Gedichtbände.

Es war die Zeit, als die Leute noch lasen, in der U-Bahn, auf der Straße, am Strand und im Bett, in der Badewanne und in der Küche, sie nahmen ein Buch mit, wenn sie in den Park gingen, in den Garten oder ins Freibad, wenn sie in den Bus, den Zug oder ins Flugzeug stiegen, sie lasen im Sessel, auf Sofas, im Wohnzimmer, im Hotel, in Cafés und Bars, in den Städten und Dörfern, sommers wie winters, abends und morgens, beim Essen, vorm Schlafengehen, nach dem Aufwachen, bei einer Tasse Tee oder einem Glas Wein und am Kamin, wenn der Tag seinem Ende zuging: Die Leute lasen überall, in jedem Augenblick, zu jeder Stunde ihres Lebens, um in eine andere Geschichte einzutauchen, um die Wirklichkeit hinter sich zu lassen oder sie intensiver zu erleben, um die Menschen zu verstehen oder zu verabscheuen oder ganz einfach als Zeitvertreib. Jeden Freitagabend schaute Amélie die Literatursendung *Apostrophes*, in der Bernard Pivot mit wahrer Leidenschaft Autoren interviewte, Roland Barthes oder Françoise Sagan, Albert Cohen, Truffaut, Jankélévitch, Le Roy Ladurie oder Duby, allesamt mit Schlips, außer Bernard-Henri Lévy. Vincent mochte Michel Polac mehr, der stets in einer dichten Rauchschwade saß und für hitzige Debatten über *Charlie Hebdo*, *Minute* und *Hara-Kiri* sorgte, und wenn Serge Gainsbourg mit seiner schwarzen Brille »Scheiße« sagte und Pierre Desproges sich vor Guy Drut über die Intelligenz von Sportlern ausließ.

Sie blieben eine Weile stehen, zählten sich ihre Lieblingsbücher auf und fragten sich gegenseitig, ob der andere den und den Autor kenne. Sie hatten Glück und wurden fündig und schenkten sich eine Erstausgabe von *Die Schöne des Herrn* (sie ihm) und Rilkes *Briefe an einen jungen Dichter* (er ihr). *Die Schöne des Herrn* wegen der Ansicht, Leidenschaft habe nichts mit wahrer Liebe zu tun, und wegen der Villa in Südfrankreich, in der die Liebenden sich langweilen, nachdem sie sich wie wahnsinnig geliebt haben. Und Rilke, weil es darin heißt: *Und so ist Lieben für lange hinaus und weit ins Leben hinein: Einsamkeit, gesteigertes und vertieftes Alleinsein für den, der liebt.* Dann sahen sie sich an, und es war Zeit, sich voneinander zu verabschieden. Da lud er sie auf ein Bier am Quai des Grands Augustins ein. Aus dem Bier wurde ein Abendessen, das mit einem weiteren Bier enden sollte, doch in der Stadt war schon überall geschlossen, es war spät geworden. Sie liefen zum Boulevard des Capucines, wo es ein Café gleichen Namens gab, das die ganze Nacht über geöffnet hatte. Und wieder redeten sie. Sie erzählten von sich. Von ihren Eltern, ihren Wünschen, ihren Sehnsüchten und Freunden. Ihren Lieblingsfilmen: *Jenseits von Afrika, Der Marathon-Mann, Barry Lyndon* und ihrer Lieblingsmusik, den Beatles, Queen und Chopin.

Es war längst tiefste Nacht, und mit jedem weiteren Glas oder Kaffee vertrauten sie sich ein paar mehr Geheimnisse an. Dass sein Vater ihn früher geschlagen hatte, bis er so groß war, dass er ihn um einen Kopf überragte und ihm zurückdrohte. Dass sich ihre Eltern ständig und so heftig stritten, dass sie sich mit Tellern bewarfen, anstatt sich endlich zu trennen. Dass sie beide mit dem einzigen Ziel großgezogen worden waren, ihren Eltern Freude zu bereiten, solange sie sich dem Gesetz des Vaters unterwarfen. Doch sie wollte nur eins: frei und unabhängig sein. Er hingegen hatte sich gefügt, da sein Vater ihn finanziell unterstützte, damit er neben dem Studium nicht arbeiten musste. Nach Mitternacht erzählte er ihr von seinem Bruder, älter als er, seinem siebenundzwanzigjährigen Bruder, der krank war. Auch in ihrem Bekanntenkreis hatten bereits einige das Aids-Virus, und der Freund eines Freundes wartete gerade auf sein Testergebnis, nachdem seine Freundin ihm gestanden hatte, dass sie sich angesteckt habe.

»Kümmerst du dich viel um ihn?«, fragte sie.

»Ich besuche ihn jeden Tag im Krankenhaus. Es ist heftig, ziemlich hart.«

»Worüber redet ihr?«

»Er erzählt mir von seinem Leben. Seinem geheimen Leben, von dem meine Eltern nichts wissen. Er sagt mir alles. Er spricht über Dinge, über die wir vor seiner Krankheit nie gesprochen haben. Ich war ihm noch nie so nah, und in gewissem Sinne wird mir klar, dass ich ihn früher gar nicht gekannt habe.«

»Das ist bestimmt nicht leicht.«

»Ich helfe ihm, so gut es geht.«

»Hast du noch andere Geschwister?«

»Nein. Wir sind zu zweit.«

»Dann hat er also nur dich?«

»Er hat viele Freunde, die zum Glück oft da sind. Und du?«

»Wir sind drei. Ich bin die Mittlere.«

»Schwierige Position.«

»Allerdings, ich konnte nie richtig meinen Platz finden. Ich habe das Gefühl, überflüssig zu sein. Das hässliche kleine Entlein. Meint jedenfalls meine Mutter.«

»Was sagt sie?«

»Dass ich nicht schön bin.«

»Du bist schön.«

»Findest du?«

»Ja«, sagte er und sah ihr in die Augen.

Die Hände auf dem mahagonibraunen Tisch, saßen sie auf einer roten Sitzbank und blickten sich an, um sie herum ein funkelndes Jugendstil-Dekor, leuchtende Farben, karmesinrote Lampenschirme und ein Glasdach aus der Belle Époque. Hinter den großen, von Vorhängen gesäumten Scheiben war der Boulevard menschenleer. Kurz schwiegen sie. In diesem Augenblick hätte er nach ihrer Hand greifen können, nur nach der Hand, hätte ihr Gesicht in seine Hände nehmen und sie küssen oder ihr einfach nur über die Wange streichen und abwarten können. Sie hätte ihn anlächeln, ihm weiter in die Augen sehen sollen, anstatt schamhaft den Blick zu senken. Kurz kam ihr der Gedanke, aufzustehen und sich neben ihn zu setzen. Er hätte sie ganz einfach in den Arm genommen, und sie hätte den Kopf an seinem Hals vergraben. Oder sie hätten sich geküsst, und alles wäre anders gekommen, ein einziger Satz, ein Wort nur hätte genügt, jenes Wort: *ja.* Doch sie schwiegen weiter, ob nun absichtlich oder nicht, aus Feingefühl oder Angst, aus Stolz oder aufgrund von Vorurteilen, aus Leichtfertigkeit oder weil sie wussten, dass eine Geste, eine schlichte Geste unumkehrbar wäre. Sie schwiegen, bis schließlich doch irgendwann etwas gesagt werden musste.

»Was würdest du tun, wenn du die Wahl hättest?«, fragte sie.

»Klavier spielen.«

»Warum studierst du dann BWL?«

»Mein Vater will nicht. In einem Orchester gibt es immer nur ein Klavier, das führt zu nichts.«

»Spielst du gut?«

»Ich war auf dem Konservatorium bei uns im Viertel, in Montmartre.«

»Dann hättest du also weitermachen und Musik studieren können?«

»Vielleicht, ja. Allerdings nicht nach Meinung meines Vaters.«

»Du scheinst ziemliche Angst vor ihm zu haben.«

»Früher, ja … Jetzt nicht mehr. Und du … Was macht dir Angst?«

»Das Jahr 2000. Dir etwa nicht?«

»Warum sollte mir das Angst machen? Ist doch nichts Besonderes.«

»Es ist das Ende des Jahrtausends. Mich beunruhigt das schon. Niemand weiß, was uns erwartet. Ich habe das Gefühl, die alte Welt geht unter.«

»Umso besser«, sagte er. »Ich mag Veränderungen. Es ist aufregend, nicht zu wissen, was kommt.«

»Als ich noch in Bernay gewohnt habe, konnte ich es kaum erwarten, endlich in Paris zu sein.«

»Magst du Paris?«

»Ich liebe es. Hier kann ich endlich aufatmen. In Bernay bin ich erstickt. Ich kenne mich gut aus mit der Provinz. Bei SOS haben wir so ziemlich überall Kundgebungen und Demos organisiert.«

»Ich war bei der Demo, bei der sie Malik Oussekine ermordet haben.«

»Ich auch! Vielleicht sind wir uns da schon begegnet. Bist du noch politisch aktiv?«

»Ich bin in der Sozialistischen Partei.«

»Warum?«

»Warum nicht? In einem seiner Bücher schreibt François Mitterrand, im Leben ist es wie beim Judo. Zuerst bist du unten, doch dann machst du einen kurzen Dreher und bist plötzlich oben. So funktioniert Politik.«

»Aber das Leben ist nicht so.«

»Nein? Wie ist es dann?«

»Ich glaube, alles verändert sich ständig, ohne dass man es merkt. Wir werden mitgerissen, fortgeschwemmt und letztlich beherrscht von dem, was uns umgibt. Unser Spielraum ist nur sehr begrenzt.«

»Warst du schon mal verliebt?«

»Ja, in meinen Französischlehrer! Ich hing an seinen Lippen. Wegen ihm wollte ich unbedingt Literatur studieren. Und du?«

»Ich habe eine Frau kennengelernt, älter als ich. Ich war sechzehn.«

»Wie alt ist sie?«

»Mittlerweile vierzig.«

»Das ist wirklich ein ziemlicher Unterschied. Habt ihr Schluss gemacht?«

»Wir wussten, dass unsere Geschichte nicht von Dauer sein würde.«

»War sie Pianistin?«

»Woher weißt du das?«

»Ist doch … logisch. Ihr hattet dieselbe Leidenschaft.«

»Allerdings … Schon seltsam, ich kenne dich nicht,

aber das habe ich noch niemandem erzählt … Sie war meine Klavierlehrerin am Konservatorium. Mein Vater lag ständig mit mir im Kampf, damit ich sie verlasse.«

»Und du hast sie wegen ihm verlassen?«

»Ja. Für sie war es auch ein gefährliches Spiel.«

»War sie verheiratet?«

»Ja. Sie hat Kinder.«

»Dann ist es wirklich eine Liebesgeschichte.«

»Glaubst du dran?«

»Klar glaube ich dran.«

»An die große Liebe?«

»Auch. Und du?«

»Keine Ahnung. Wie alt bist du?«

Sie waren zwanzig. Erst zwanzig Jahre alt. Und in diesem Moment, als sie bei Tagesanbruch aus dem Café des Capucines traten, hätte ihre Geschichte beginnen sollen, denn sie hätten sich wiedersehen, ein Gläschen und danach noch eins trinken, Gefallen aneinander finden und es sich sagen sollen, hätten sich nach einem Besuch im Kino oder in einem Restaurant am Ufer der Seine küssen, sich anrufen und nach unzähligen Umarmungen und unzähligen Küssen eines Abends oder nachts oder vielleicht in der Morgendämmerung bei Tagesanbruch miteinander schlafen und sich lieben sollen, hätten sich lieben und es sich sagen, es sich sagen und nach ein paar Tagen, Monaten oder ein paar Jahren im Rathaus von Bernay oder in Montmartre im Beisein ihrer Familien heiraten sollen, ein weißes Kleid und ein Blumenstrauß, und vielleicht ein Kind oder zwei oder drei, deren erste Blicke, erste Worte und erste Schritte sie hätten verfolgen sollen, sie hätten

Fotos machen und die Fotos in Alben kleben sollen, in den Ferien ans Meer fahren und Sandburgen bauen, die Kleinen in den Park und die Großen zur Schule bringen, Geburtstage feiern und zusehen sollen, wie sie größer werden und schließlich das Haus verlassen, um zu studieren, wie sie sich eines Tages an der Sorbonne einschreiben, dort, wo sie sich kennengelernt hatten und wo sie noch immer gern hingingen, um sich an die Zeit ihrer Jugend zu erinnern, an jenen Tag, an dem sich in der Warteschlange auf dem langen Gang ihre Blicke getroffen und ihre Schicksalswege gekreuzt hatten.

Nur dass nichts, aber auch gar nichts von alledem geschah.

2

Vincent lief schneller, um nicht zu spät zu kommen, er war immer sehr pünktlich und bei Verabredungen gewöhnlich sogar zu früh dran. Er kam zum Café an der Place de la Sorbonne, griff in seine Tasche und holte das hervor, was von seiner alten Taschenuhr übrig war, die er trotz des gesprungenen Ziffernblatts sorgsam hütete, weil sie ein Geschenk seines Urgroßvaters an seinen Großvater gewesen war, der sie wiederum seinem Vater geschenkt hatte, bevor dieser sie ihm bei seiner Kommunion überreicht hatte. Es war sein Klavier spielender Großvater gewesen, der die Liebe zur Musik in ihm entfacht und später darauf bestanden hatte, dass er zum Unterricht am Konservatorium angemeldet wurde, denn zum Leidwesen seines Sohnes glaubte er an das Talent seines Enkels. Ein musikbegeisterter Großvater, der gern Klavier spielte. Er hatte die Uhr stets bei sich, wie einen Talisman, mit dem man die verstreichende Zeit misst.

Er war zehn Minuten zu früh. Er wollte diese Verabredung nicht verpassen. Das Mädchen hatte ihm gefallen. Aus irgendeinem Grund fühlte er sich zu ihr hingezogen. Ein junger Mann auf dem Platz fing an, Geige zu spielen. Eine Melodie von Fauré, die ihn bezauberte, und seine

Gedanken schweiften zu seiner Jugend zurück. Sein Nachbar, ein Konzertpianist, hatte ihm alles beigebracht, dann war er am Konservatorium aufgenommen worden, wo er in Musiktheorie, Klavier und Gesang unterrichtet wurde. Prüfungen, Wettbewerbe, ständiges Üben. Tausendmal dieselbe Taktfolge bis zur Perfektion, denn es wurden weder Fehler noch halbe Sachen geduldet. Das Abschlusszeugnis, der erste Preis. Alle sprachen ihm gut zu, nur sein Vater nicht.

Für sie hätte er alles gegeben. Seine Stadt, sein Leben, seine Seele, sein Herz. Er hätte sich ihr gern verschrieben. Tag und Nacht, von früh bis spät. Sich mit Leib und Seele in sie versenkt, sich ihr voll und ganz gewidmet. Wenn er mit ihr zusammen war, wurde alles andere unwichtig, und seine Sorgen verflogen. Sein Vater: ein Tyrann; seine Mutter: unterwürfig und unscheinbar, schicksalsergeben, fast wie nicht da. Anstatt wegzulaufen, abzuhauen, einfach zu verschwinden, tröstete er sich mit ihr. Doch sie war anspruchsvoll, gab sich ihm nicht so leicht hin. Jeden Tag, jede Stunde, jede Minute wollte sie erobert werden. Man musste sie sich verdienen, ständig entzog sie sich ihm, verwandelte sich, um ihm erneut zu entwischen, sie verlangte Ausschließlichkeit, ertrug nichts und niemanden neben sich, duldete keinerlei Schwäche, und vor allem wollte sie, dass man ihr sein Leben opferte. In Wirklichkeit liebte er sie am meisten auf der Welt: die Musik. Er hätte sich seiner Kunst gern hingegeben, doch sein Vater hatte ihm keine Wahl gelassen. Weißt du, wie viele Konzertpianisten es pro Orchester gibt? Musik ist eine Freizeitbeschäftigung. Du brauchst einen Beruf, und zwar einen richtigen. Da hatte er eingewilligt zu studieren, und zwar etwas »Richtiges«, um seine Eltern stolz und glücklich zu machen, angesichts der Tragödie, die mit der Krankheit seines Bruders über seine Familie hereingebrochen war.

Eine Weile blieb er auf der Bank sitzen und dachte nach. Vincent. Vincent Brunel. Er hätte seinen Namen gern geändert, wenn das nicht so kompliziert gewesen wäre. Der Name ist eine Bestimmung, die einem Halt gibt. Er vermittelte ihm das Bild eines Angestellten, eines tadellosen braven Soldaten. Doch in dieser Rolle fand er sich nicht wieder. Er wollte reisen. Er träumte von der Ferne. Paris genügte ihm nicht mehr. Er hatte die Stadt lange genug erkundet, kannte sie in- und auswendig. Wenn er wegfuhr, mochte er es, zurückzukommen und sie mit anderen Augen anzusehen, doch er wäre gern für immer ans Ende der Welt gereist. Was unter diesen Umständen unmöglich war, klar. Wieder blickte er kurz auf seine Uhr. 17 Uhr 05. Verdammt, wo blieb sie denn bloß? Er hasste es, wenn man zu spät kam.

Dieses Mädchen, Amélie. Noch nie hatte er mit jemandem so lange über alles Mögliche geredet, die ganze Nacht hatten sie geplaudert. Er hätte sich gern weiter mit ihr unterhalten. Sie war anders, wie sie zuhörte, den Kopf leicht gesenkt, als könne sie ihn so besser verstehen. Er hatte ihr alles von sich erzählt, sogar von seiner Jugendliebe, während er so gut wie nichts von ihr wusste. Sie war still, zurückhaltend, feinfühlig. Noch schüchterner als er. Er hätte ihre Hand nehmen sollen neulich Abend. Aber sie hatten sich allzu hastig und wortlos getrennt. Er hatte nicht den Mut gehabt. Zu Hause hatte er das Buch, das sie ihm geschenkt hatte, aufgeschlagen und zu seiner Überraschung ihren Namen darin entdeckt, Amélie, darunter ihre Telefonnummer. Er lächelte, er hatte die gleiche Idee gehabt, und sie hatte seinen bestimmt längst vorn in dem Buch von Rilke entdeckt. Er hatte sie angerufen, ihr ein Treffen vorgeschlagen, sie hatte zugesagt. 17 Uhr, okay. Vor dem Café, Place de la Sorbonne. Hatte sie sich in der Uhrzeit geirrt? Hatten sie sich missverstanden? Er stand auf und lief ein Stück, um sich zu beruhigen, er wollte nicht aufgeregt wirken und war doch erschrocken, ja tief bestürzt bei dem Gedanken, sie könne nicht kommen. Er hörte die Musik, der Geiger spielte gut. Er hatte zu einer bezaubernden Sonate von Fauré angesetzt, *Nach einem Traum*.

Allein, bei dieser Verabredung, zu der sie nicht kam. Vielleicht hatte sie es ja vergessen? Vielleicht existierte diese Verabredung gar nicht? Vielleicht war das alles bloß ein Traum? Aber es gab ja die Nummer, das Buch. Er sah eine Telefonzelle, holte ein paar Münzen hervor und rief sie an. Mindestens zehn Mal ließ er es klingeln, dann legte er auf. Wahrscheinlich hatte sie kein Interesse an ihm. Oft sagte man ihm, er wirke kühl. Tatsächlich war er distanziert, wodurch sich die Menschen unbehaglich fühlten. War er etwa bloß mit sich selbst verabredet? Sollte er dranbleiben, es noch einmal probieren oder gehen?

Nach einer ganzen Weile – fast einer Stunde Verspätung – hatte er keine Hoffnung mehr. Er stand auf und ging langsam davon. Er verschwand genau in dem Moment um die Ecke am Boulevard Saint-Michel, als ein Mädchen in einem schwarzen Kleid keuchend auf den

Platz gerannt kam, diesen Platz voller Überraschungen und unverhoffter Wendungen, grausames, wildes Theater des Lebens, das einer Handlung folgt, die niemand durchschaut und die verstörender ist als in jedem Roman, denn das Wahre ist nicht wahrscheinlich, wie ein Satz in dem berühmten Vorwort zu *Pierre und Jean* von Guy de Maupassant lautete, über den Amélie ihr Französischabitur geschrieben hatte. Während sie ankam, ging Vincent schnellen Schrittes davon. Enttäuscht, aber nicht deprimiert. Am nächsten Tag würde er zusammen mit Freunden zu einer Interrail-Reise quer durch Europa aufbrechen. Eine Tour, an der seit Monaten akribisch getüftelt wurde. Zuerst die Schweiz, dann Italien und Griechenland … bis runter nach Ägypten! Nein, das hier war wirklich nicht sonderlich wichtig.

3

Das alte graue Telefon mit dem Hörer und der Wählscheibe, die ratterte, wenn man die Nummern wählte. Die ersten gingen schnell, aber bei den höheren Zahlen war der Weg länger. Man durfte sich nicht verwählen, sonst musste man noch einmal von vorn anfangen. Und bei jedem Anruf ertönte ein schrilles Klingeln, und man kam angerannt.

Es stand neben Amélies Bett, in einem Zimmer der Wohnung, die sie sich mit zahlreichen Mitbewohnern teilte. Jeder hatte seinen eigenen Apparat, denn nichts war nerviger als die stundenlangen Gespräche, bei denen der Hörer zwischen Schulter und Wange klemmte.

Amélie hatte einen Moment zu lange gezögert, bevor sie abgenommen hatte – wenn es nun ihre Mutter war? Und was, wenn es doch Vincent war? Der vielleicht absagen wollte ... Ihr Wunsch, ihn wiederzusehen, war so groß, dass sie dieses Risiko nicht eingehen wollte.

In ihr Unbehagen verstrickt, gehemmt und voller Bangigkeit, konnte sie sich nicht aufraffen. Mutlos und wie gelähmt lag sie auf ihrem Bett und schaffte es nicht, die Hand nach dem Hörer auszustrecken. Etwas Unbezwingbares hinderte sie daran, wie eine Macht, die sie niederdrückte, die sie am Kragen packte und nicht entwischen ließ. Wie eine Eisenhand, die sie festhielt, während eine Stimme flüsterte: Du wirst dieses Zimmer nicht verlassen. Du wirst dein Leben als Frau nicht leben. Du wirst Erfüllung nur in der Arbeit finden und in der Aufopferung. Das Glück, zu lieben und geliebt zu werden, wirst du nicht kennenlernen. Sie hätte sich gern dagegen gewehrt, doch es war stärker als sie, stärker als alles. Wie Ketten, die sie ans Bett fesselten.

Von ihrem Zimmer aus konnte man die Dächer von Paris sehen. Schieferfarbene Dächer, ein Meer aus Grautönen, die in der Sommersonne glänzten und die sie gern betrachtete, glücklich darüber, dass sie an ihr Ziel gelangt war, auch wenn das Leben hier härter war, die Menschen schroff und der Himmel oft grau. Paris begeisterte sie und machte ihr Angst: Sie träumte von der Stadt, seit ihre Eltern sie zum ersten Mal hierher mitgenommen hatten. Wie aufregend, mit zwölf in der Hauptstadt zu sein! Sie waren im Beaubourg gewesen, im Louvre, waren an der Seine entlanggeschlendert, vorbei an den Bouquinisten. Damals spürte sie, dass diese Stadt ihre Stadt war, dass sie sich wohlfühlte und eines Tages hier leben würde. Ein Bett, ein Schreibtisch, ein Plakat von Robert Doisneau, der berühmte *Kuss*, und ein gemeinsames Badezimmer. Sie kam ganz allein zurecht. Wenn das Geld knapp war, aß sie nichts, sie war sparsam und studierte beflissen. Sie besaß einen Lebenstrieb, der sie sämtliche Hindernisse überwinden ließ, und hatte es geschafft, ihre Heimatstadt, ihr altes Leben hinter sich zu lassen und sich in Paris für ein Studium der Literaturwissenschaften einzuschreiben.

In Bernay, der Kleinstadt, in der sie wohnte, wusste jeder, wohin sie ging, woher sie kam, sie durfte höchstens im Laden gegenüber einkaufen, wenn was fehlte. Wenn sie als Kind eine Freundin besuchte, rief der Vater an, um sicherzugehen, dass sie auch wirklich mit ihr verabredet war. Auch auf dem Gymnasium wurde man auf Schritt und Tritt überwacht. Alles in allem lebte sie dort noch immer unter der Schreckensherrschaft, Version 1986, und ihr einziger Ausweg war die Flucht in die Literatur und die Musik. Es war die Zeit von *Woman in love* von Barbra Streisand, *Still loving you* von den Scorpions und *On va s'aimer* von Gilbert Montagné. Die ersten Kopfhörer, Aufnahmen vom Radio auf Kassette, Videos und Rollschuhe. *Fame, Flashdance, Dirty Dancing … Drei Engel für Charlie, Starsky und Hutch* oder *Magnum* waren jeden Sonntag *das* Ereignis, genau wie Anne Sinclair, in die alle verliebt waren. Es war die Zeit der Feten und Konzerte, als *La Boum* im Fernsehen lief und der Skandalstreifen *Neuneinhalb Wochen* für erotischen Nervenkitzel sorgte.

Das Telefon verstummte. Sie hörte Schritte, das war Clara, die anklopfte und in einem Jogginganzug hereinkam, gefolgt von ihrem Hündchen, das wie verrückt durchs Zimmer zu rasen begann.

»Kommst du mit joggen?«

»Ich bin verabredet«, sagte Amélie.

»Mit wem?«

»Dem Typen, den ich neulich getroffen hab, du weißt schon, an der Uni.«

»Super! Geh hin, worauf wartest du? Das ist deine erste Verabredung, seit du hier bist.«

»Ich weiß nicht, was ich anziehen soll.«

»Soll ich dir mein rotes Kleid leihen?«

Amélie stellte sich vor, wie sie in dem unglaublichen Kleid von Clara aussehen würde, in diesem langen, eng anliegenden Kleid mit dem tiefen Ausschnitt, das nichts zu tun hatte mit dem wirklichen, ihrem Leben, dem einer Studentin, die sich in ihrer Haut nicht wohlfühlte.

»Nein. Ich ziehe meine Jeans an. Ich bin spät dran.«

»Los, beeil dich.«

Von Clara angetrieben, hievte sie sich schließlich aus dem Bett, streifte Hose und T-Shirt über, überlegte es sich anders, zog ein geblümtes Sommerkleid an, betrachtete sich und zögerte den Aufbruch noch einmal hinaus, weil sie einen weit schwingenden Rock und ein Oberteil mit Blumen anprobierte, um schließlich doch in einem schwarzen Kleid loszugehen. Als sie vor die Haustür trat, begann sich plötzlich alles um sie herum zu drehen. Wie von einem Strudel erfasst, wurde ihr schwindlig, Angst schnürte ihr die Kehle zu, sie rannte los, stürmte im Slalom um die Leute den Boulevard Saint-Michel hinauf, um ihre Verspätung noch aufzuholen. Umsonst. Auf dem Platz waren eine Menge Leute unterwegs, aber kein Vincent. Sie setzte sich auf eine Bank neben einen Geigenspieler und lauschte wehmütig der Musik, ohne zu ahnen, dass sie mindestens zehn Jahre würde warten müssen, bis sie ihn wiedersähe.

4

Am 31. Dezember des Schicksalsjahres 1999 unterhielten sich die Leute in einem verräucherten Apartment im Bastille-Viertel gegen 22 Uhr 30 angeregt zu Trip-Hop-Klängen. Der Hausherr, ein junger angesagter Schriftsteller, rauchte Haschisch, wie die meisten seiner Gäste. Man wollte Schluss machen mit dem Jahrtausend, der alten Welt. Die Plastikbecher, Whiskeyflaschen und Chips auf den Papiertischdecken weckten Erinnerungen an Studentenpartys. Man hörte Louise Attaque und Massive Attack, und einige fielen tatsächlich über die herumgehende Whiskeyflasche her. Dezent geschminkte Mädchen, Jungs in Hemd und Jeans, Verleger, Musiker und ein paar Schauspieler: Ein bunt gemischtes Völkchen feierte leicht bedrückt, ohne echte Freude, als müssten sie es, als wäre es eine Pflicht, ein Selbstläufer fast, ohne genau zu wissen, wie man diesem außergewöhnlichen Moment gerecht werden könnte, schließlich kam er nur alle tausend Jahre einmal vor.

Amélie unterrichtete Literatur an einem Pariser Gymnasium, wohnte in einer kleinen Einzimmerwohnung in der obersten Etage eines Mietshauses ohne Fahrstuhl auf dem Hügel Sainte-Geneviève und fuhr immer seltener zu ihren Eltern. Sie hatte sich von der Last ihrer Herkunft befreit, und wenn sie in ihre Heimat reiste, geriet sie jedes Mal in Angstzustände. Kaum war sie am Bahnsteig in Bernay ausgestiegen, fühlte sie sich in ihre alte Welt zurückkatapultiert. Sie blieb immer nur ein paar Tage bei ihren Eltern, die allein lebten, seit ihre Schwestern weggezogen waren: Die eine war in New York, die andere auf die schiefe Bahn geraten.

Ihre beste Freundin Clara hatte sie überredet, zu dieser Party mitzukommen, in einem alten, uralten zerbeulten weißen Fiat, der mit allem Möglichen vollgestopft war, Klamotten, Erinnerungen und einem riesigen Hund, der ihrer Freundin jaulend zugelaufen war und den sie bei sich aufgenommen hatte, nachdem der andere gestorben war. Da er jedes Mal losbellte, sobald sie aus der Tür ging, vermutlich aus Trennungsangst, musste sie ihn überall mit hinnehmen.

Beide trugen Hüte und schwarze Kleider, dazu runde Sonnenbrillen, ein Faible von Clara, die für die Sechzigerjahre schwärmte. Amélie hatte sich einen anderen Stil zugelegt; mit ihrem dunklen Haar und den hellen Augen, ihrem stets stillen Lächeln wirkte sie kultivierter; sie trug Absatzschuhe und hatte sich den Pony wachsen lassen, nur das lange Haar und ihr kindliches Lächeln waren geblieben. Bei ihrer Ankunft fühlte sie sich ein wenig befangen, fast ängstlich, was an ihrer Schüchternheit lag, als lauerte hinter der jungen Frau noch immer das Kind. Einmal hatte ein Junge vor den anderen in der Klasse zu ihr gesagt, sie habe eine hässliche Frisur. Vor Scham und Unbehagen war sie rot angelaufen. Solche Art Narben aus der Jugend vergisst man nicht. Sie bleiben ein Leben lang, brennen sich ein, zusammen mit der tief empfundenen Angst, lächerlich zu wirken, nicht die richtige Kleidung zu tragen, nicht der Norm zu entsprechen, blöd auszusehen … Die, die sich unwohl gefühlt hatte in ihrer Haut, sich nicht auf Feten traute, nicht eingeladen wurde und nicht tanzen konnte, verbarg sich noch immer hinter dem ansprechenden Gesicht der jungen Frau, die sie aus sich zu machen versuchte. Aber musste sie wirklich mit dreißig Jahren allein dastehen, die Gäste anschauen und sich fragen, mit wem sie reden könnte! Drei Jahre lang war sie mit einem wortkargen jungen Mann zusammen gewesen, der wie sie Literaturwissenschaft studierte und den sie einfach nicht verlassen konnte, aus Angst vor dem Alleinsein, weil sie fürchtete, den Mann ihres Lebens nie zu finden, weil sie eine leidenschaftliche Beziehung wollte (wie in den Büchern, die sie noch immer am Ufer der Seine kaufte), aus Gewohnheit oder Trägheit, aus romantischen und melancholischen Gründen oder weil sie Lust hatte, zu heiraten und Kinder zu kriegen.

Als es ihr endlich gelungen war, sich aus der Beziehung zu befreien, hatte sie sich ziellos von einem Lächeln zum nächsten treiben lassen, von Arm zu Arm, von Tag zu Tag, immer auf der Suche nach Liebe statt nach einem Abenteuer, sie wollte Begehren statt Vergnügungen, Gefühle statt Lust, Träume statt bloßer Leidenschaft. Sie war unangepasst, wollte nicht wie alle anderen leben, hasste das Bürgertum und den bürgerlichen Lebensstil, materielle Werte bedeuteten ihr nichts, sie vertrat das Lebensmodell einer Grille: Sie wollte nichts besitzen und besaß auch nichts, weder Möbel noch Schmuck noch irgendwelchen Nippes, sie aß nicht viel, und wenn, dann Gemüse, ging nicht mit der Mode und hatte keinerlei gesellschaftliche Verpflichtungen. Gern wäre sie leicht wie Luft gewesen, ein Vogel auf einem Zweig, oder noch weiter oben, irgendwo im Himmel, wo der Körper nicht existiert, sondern nur die Seele, die aufsteigt und zu einem fernen Ort entschwebt, von dem aus man die Erde nur noch in ihrer unendlichen Schönheit erblickt, wo alles nur noch Fülle und Schönheit ist, Ruhe und Wonne.

Clara hingegen hatte ihre Beute bereits erspäht: ein junger Mann um die dreißig, wie sie, Typ Schauspieler – was er im Übrigen auch war –, über den sie mit der Frage hergefallen war, ob er den Gastgeber gut kenne, ein zugegeben banaler, aber wirksamer Gesprächseinstieg. Jetzt unterhielten sie sich, tranken und lachten zusammen, und Amélie stand allein da, schon gut, nein – gar nicht gut. Sie trank etwas, dann noch etwas, sie mochte das Gefühl, beschwipst zu sein. Sie atmete den Rauch von einem herumgehenden Joint ein, und plötzlich, inmitten des Partytumults, sah sie ihn. Den jungen Mann, den sie vor zehn Jahren an der Sorbonne getroffen und mit dem sie die ganze Nacht lang geredet hatte. Er war es, hundertprozentig! Die Verabredung, die sie verpasst hatte, weil sie zu spät gekommen war. Weil sie zu lange gezögert hatte, bis sie es irgendwann aufgegeben hatte, und dann war sie den Boulevard Saint-Michel hinaufgerannt, dass ihr die Puste ausging, doch dort stand niemand mehr, und sie hatte gewartet, allein und außer Atem, verzweifelt und am Boden zerstört. Er hatte nie wieder angerufen. Oder vielleicht hatte er ja angerufen, irgendwann, als sie längst umgezogen war und eine andere Nummer hatte.

Sie spürte, wie es sie bei seinem Anblick durchfuhr, als würde ihr schwindlig, und sofort setzte eine Art Schutzreflex ein: Sie wollte sich verstecken, aus Angst, er könne sie wiedererkennen, oder schlimmer, er könne sie nicht wiedererkennen. Sie hatte große Lust, mit ihm zu reden, doch allein die Vorstellung, ihm wie damals tief in die Augen zu blicken, brachte sie so durcheinander, dass ihr Zweifel kamen. Sie konnte nicht mehr klar denken. Sie fand sich selbst nichtssagend, ungesellig, langweilig und furchtbar hässlich.

Sie deutete ein Lächeln an, während er auf sie zukam. Ein gemeinsamer Freund, der plötzlich von irgendwoher auftauchte, brachte sie zusammen, um gleich darauf wieder zu verschwinden, denn oft müssen die Mittelsmänner, die Boten, gehen, sobald das Treffen arrangiert ist, als wären sie nur die Regisseure eines Films, der gespielt und angeschaut wird, nachdem sie ihn inszeniert haben. Und als er sie anlächelte, hatte sie das Gefühl, dass auch er sie erkannt hatte.

Vincent war ein Mann geworden: kräftig, muskulös und breitschultrig, ganz in seiner Männlichkeit ruhend. Als er sie ansah, besser gesagt musterte, fiel ihr wieder seine faszinierende Art auf, sein ganz spezielles Lächeln. Sein Gesichtsausdruck, eine geheimnisvolle Mischung aus Zurückhaltung und Hochachtung. Etwas, das sie aus der Fassung brachte und vollkommen hilflos machte, genau wie früher in ihrer Jugend.

Schönheit, Güte, Natürlichkeit, Sympathie. Er war kräftiger, reifer, größer als in ihrer Erinnerung und absolut verführerisch, hatte ein entwaffnendes Lächeln, schien sich seines Charmes nicht sonderlich bewusst, wirkte aber sehr charmant mit der dunklen Strähne, die ihm ins Gesicht fiel, und der feinen Narbe auf seiner Wange.

Sie plauderten über alles Mögliche, über sie, ihn, über das, was sie taten, und das, was sie noch vorhatten im Leben. Er erzählte von seinen Reisen nach Brasilien, Südafrika, Vietnam, Japan und Australien, von seinem Bedürfnis, nach dem Tod seines Bruders um die ganze Welt zu fahren, um wieder einen Sinn im Leben zu finden. Weit weg von seinen Eltern, dem Pflegepersonal und dem Krankenhaus, wo er so viele Abende zugebracht hatte. Nach seiner Rückkehr war er unter dem Druck seiner Eltern aus der Sozialistischen Partei ausgetreten und hatte die politische Arbeit und die Musik zugunsten der Finanz- und Geschäftswelt aufgegeben. Im Moment arbeitete er für eine große Consulting-Firma. Die Musik fehlte ihm, manchmal spielte er noch, abends, er komponierte und sang, wenn er Zeit dazu fand. Er war etwas zu früh, etwas zu schnell erwachsen geworden, aber so war's nun mal, und Amélie begriff, dass er ein Pflichtmensch war. Und sie? Was für ein Leben führte sie? Sie unterrichtete Französisch, hatte Zeit in New York verbracht, besuchte manchmal ihre Eltern in Bernay, sie war in Italien gewesen, in Griechenland, auch in London, mit Freunden, sie arbeitete in einer Buchhandlung, in Montparnasse, sie liebte die Welt der Bücher. Und dann kamen sie auf die Verabredung zu sprechen, ihr Date vor zehn Jahren, das gründlich schiefgelaufen war. Er gab zu, dass er damals dort gewesen war, und sie? Sie hatte ihn versetzt, nicht wahr, eine Stunde lang hatte er gewartet. Eine Stunde? Sie beteuerte, sie sei zu spät gekommen, erklärte ihm, dass sie aufgehalten worden sei, aufgehalten von wem? Nun ja, von ihr selbst, denn im Grunde steht man sich doch immer nur selbst im Weg.

Dann war es plötzlich Mitternacht, und jede weitere Erklärung wurde hinfällig, ein feierlicher Augenblick, es begann ein neues Jahr, ein neues Jahrhundert, ein neues Jahrtausend sogar, man vergaß alles, alle umarmten sich, und auch sie gaben sich kurz einen Kuss auf die Wange, sie roch den Duft seines Parfüms, und er spürte einen vertrauten Geruch, der ihn aufwühlte, dann kamen andere Leute hinzu, es gab noch mehr Küsse, noch mehr gute Wünsche zum neuen Jahr, noch mehr Zigaretten, Drogen und Gläser mit Alkohol, es wurde weitergetanzt, es war das Ende einer Welt, und ja, vielleicht, das Ende der Welt.

Bevor sie gegen drei Uhr morgens leicht schwankend aufbrach, suchte sie nach ihm, sie hatte Angst, er könnte gegangen sein, ohne sich von ihr zu verabschieden, ohne ihr seine Nummer gegeben oder wenigstens einen letzten Blick geschenkt zu haben, doch nein, da saß er, auf einem Sofa neben einer Frau, in einer Rauchschwade. Sie ging auf ihn zu, er schaute sie durchdringend an. Genau genommen ließ er sie nicht aus den Augen. Doch was bedeutete dieser Blick? Lust, sie zu küssen? Echte, gespielte oder unterdrückte Leidenschaft? Oder war es einfach nur das Zeichen zum Aufbruch, das Ende dieses schwebenden Moments? Wie sollte man in so kurzer Zeit so viele widersprüchliche Botschaften entschlüsseln? Sollte sie ihn vielleicht küssen, auf den Mundwinkel, aus Ungeschicklichkeit oder nur so zum Spaß?

Sie hoffte, er würde sie nach Hause bringen wollen. Dass sie diesen Abend fortsetzen könnten, noch einen Drink nehmen irgendwo, lachen, die Nacht zusammen verbringen, sich sagen, dass sie sich liebten, heiraten, Kinder zeugen, die ihrerseits Kinder zeugen würden und so weiter und so fort. Doch er sagte nichts. Als sie ihm zu den Klängen von *Protection* von Massive Attack zu verstehen gab, dass sie jetzt gehen würde – wobei sie mit ihren Lippen ganz leicht sein Ohr streifte –, spürte sie, wie ihr Herz schlug. Er raunte, du gehst schon? Ja, es ist spät, meine Freundin Clara hat ein Auto, sie fährt mich zurück. Da er nichts antwortete, nichts weiter, rein gar nichts, gab sie ihm schließlich ihre Nummer, die sie auf eine Serviette schrieb, verlier sie nicht, und nahm es sich sogleich selbst übel, ihm zuvorgekommen zu sein, dass sie hartnäckig geblieben war und sich Hoffnungen gemacht, dass sie vor ihm reagiert hatte, und fürchtete bereits, die nächsten Tage damit zubringen zu müssen, auf seinen Anruf zu warten. Aus Höflichkeit oder Anstand, weil er Lust dazu hatte oder das Ganze auf Gegenseitigkeit beruhte, diktierte er ihr seine, die sie sich auf die Hand schrieb.

Die Hälfte der Fehler, die wir im Leben begehen, sind überstürztem Handeln geschuldet, die andere Hälfte fehlendem Tatendrang. Vincent hatte an jenem Abend beide begangen: Er hatte Amélie kein Wiedersehen vorgeschlagen. Und er hatte geheiratet: Die Frau, die neben ihm saß, war seine Frau.

5

Mit leicht benebeltem Blick sah Vincent Amélie davongehen. Er hätte sie gern zurückgehalten. Er erinnerte sich an ihre Unterhaltung vor zehn Jahren, dass er auf sie gewartet hatte. Wie sich die Dinge seither verändert hatten. Er hatte immer davon geträumt, Musiker zu werden. Ein Freund seiner Eltern, selbst Pianist, hatte ihn davon abgebracht. Er war der Meinung gewesen, sein Talent reiche für eine professionelle Musikkarriere nicht aus. Dazu kam die verpatzte Aufnahmeprüfung für Konzertpianisten, für die er ein Jahr lang unermüdlich geübt hatte, zusammen mit seinem Lehrer, der ihn seit seiner Zeit am Konservatorium begleitete. All die Nächte, die er über den Tasten zugebracht hatte, mit Kopfhörern auf den Ohren, um seine Eltern oder die Nachbarn nicht zu stören. All die Tage an der Musikschule. Und dann der Tag der Aufnahmeprüfung, als er gegen die anderen antrat, die so gut spielten, so virtuos, die nichts dem Zufall überließen und von denen einige wahrhafte Genies waren. Um sich dieser Situation zu stellen, musste man entweder leichtfertig, unbekümmert oder einfach nur überheblich sein. Vielleicht musste er sich auch endlich eingestehen, dass er weder das Niveau hatte noch das nötige Talent? Und so stand er vor der Prüfungskommission und sagte: Fällen Sie Ihr Urteil, kreuzigen oder vergöttlichen Sie mich, machen Sie mich innerhalb weniger Minuten zum glücklichsten oder unglücklichsten Menschen. Wer weiß, ob er an jenem Tag tatsächlich so gespielt hatte, wie er zu spielen imstande war, wie er tief in seinem Innersten wusste, dass er es konnte?

Diese Enttäuschung, dieser Schlag hatte sein Selbstvertrauen tief erschüttert und seine Träume zunichtegemacht. Er hatte sich eingebildet, er wäre Musiker, doch das war er nicht: Er machte Musik, weiter nichts. Sein Vater hatte recht, es war wirklich an der Zeit, sich einen Job zu suchen. Jetzt, da sein Bruder tot war, gab es nur noch ihn. Viele Monate lang war es ihm anzumerken. Es war, als gäbe er sich auf, als käme ihm sein innerstes Wesen abhanden. Er musste diesen, seinen sehnlichsten Wunsch in sich vergraben, unter einer Schicht aus Leid, so wie man einen verlorenen Traum, den Kummer über eine unerwiderte Liebe in sich vergräbt. Er liebte die Musik, doch die Musik liebte ihn nicht. Jahrelang konnte er kein Klavier anfassen, nicht auf Konzerte gehen. Er war bitter enttäuscht. Der Schmerz war zu groß. Er hatte mit einem Teil von sich selbst brechen müssen, dem musikalischen Teil, der dachte, das Leben drehe sich im Wesentlichen ums Gefühl.

Da hatte er eine Laufbahn in der Wirtschafts- und Finanzwelt eingeschlagen und war nach seinem Studium, das er mit guten Ergebnissen abgeschlossen hatte, in einer großen amerikanischen Firma angestellt worden, zuerst in Luxemburg, später in Paris. Sein Chef meinte, er mache sich gut, dass er ausgezeichnete Beurteilungen bekäme, auch wenn er noch nicht richtig auf den Firmengeist eingeschworen sei, aber das könne ja noch werden. »Wir verlangen nicht, dass du nachdenkst, wir verlangen nur, dass du handelst.« Um seiner Karriere auf die Sprünge zu helfen, verschaffte man ihm einen Termin bei der Personalabteilung. Doch es herrschte gerade Krise, niemand wurde befördert zu der Zeit, er sollte ein weiteres Jahr durchhalten.

Nach dem Termin fühlte er sich erleichtert. Er plante ein Leben weit weg von zu Hause, wo ihm alles egal sein würde, das Gebrüll seines Vaters, das Gejammer seiner Mutter, die Überlegungen seines Chefs, doch dann begegnete er auf einem Abendessen bei Freunden Sophie. Sie war schön, groß, größer als er, redete viel, viel mehr als er, und das gefiel ihm, der eher zurückhaltend war. Sie war Schauspielerin, was seine Fantasie beflügelte, sie war bezaubernd und witzig, durch sie fand er zu seiner einstigen Leichtigkeit und Originalität zurück. Er verabredete sich mit ihr zum Mittagessen an einem Ort, der später wie durch ein Wunder oder nachdem er pleitegegangen war, verschwand, ein kleines einfaches Restaurant mitten in Saint-Germain, in der Rue Saint-André-des-Arts. Sie wirkten wie kostümiert: sie in einem langen purpurnen Kleid mit tiefem Ausschnitt, er elegant, in dunkler Hose und weißem Hemd. Sie redeten über alles Mögliche, ihre Pläne. Über ihre Familien, ihre Kindheit. Über Musik und Literatur. Darüber, was den Zauber des Lebens ausmacht. Über ihre Jugend, Reisen, São Paulo, den Kruger-Nationalpark und den Mekong. Über Politik und Wirtschaft, sonst was. Er hatte keine Vorurteile, sie durchaus, er war ein Familienmensch mit einem sicheren Gespür für Freundschaft und Treue, sie nicht. Es war offensichtlich, dass er denen, die ihm nahestanden, gern half, für die das Beste gerade gut genug war. Dass er eher zu denen gehörte, die anderen zur Verfügung stehen. Dass er sogar dazu neigte, sich für sie aufzugeben. Bedächtig, rational und gut organisiert, wie er war, hütete er sich vor blinder Leidenschaft. Er tendierte eher zu beständiger Liebe als zu verrückter Liebesraserei. Aber vielleicht fiel es ihm auch einfach nur schwer, seine Gefühle auszudrücken, als fürchte er zu leiden. Er war ein impulsiver Typ, der sich im Griff hatte, ein Gefühlsmensch, der sich lieber vom Verstand leiten ließ, teils naiv, teils besonnen und äußerst feinfühlig. Sie erzählte ihm von ihrer bisherigen Laufbahn als Schauspielerin. Ihre Anfänge am Theater waren vielversprechend gewesen, sie sang, tanzte und war Mitglied in einem Ensemble, das in der Provinz und in Paris auftrat.

Sie hatte ihn mit zu sich nach Hause genommen oder besser gesagt zu ihren Eltern, in die dunkle weitläufige Wohnung in der Rue du Commerce, wo sich deren Geschäft befand und ein Klavier. Es war lange her, dass er sich an eins herangewagt hatte, als hätte er Angst, sich zu verbrennen. Er wollte ihr gefallen, also begann er zu spielen, und sie fand Geschmack an der Sache. Sie betrachtete seine Hände, die über die Tasten glitten, und wünschte sich, sie würden ihr Gesicht streicheln. Er fragte sich, was ihr Blick wohl bedeuten mochte. Dass sie ihm etwas sagen wollte, dass sie genug hatte von seiner Musik oder anderswo verabredet war? Dass er ihr gefiel und er getrost nach ihrer Hand greifen durfte, ihrem Mund, ihrem Körper, ihrem Leben? Sie war so schön mit ihren blauen Augen, dem blonden langen Haar und ihrer zarten eleganten Gestalt, dass er Lust bekam, sie in die Arme zu schließen. Die Musik, die sich um sie herum ausbreitete und einhüllte, brachte sie im Schummerlicht einander näher. Ihre Gedanken fügten sich auf selten harmonische Weise der Melodie, als wären sie füreinander geschaffen. Er kam mit sich ins Reine und liebte sich, weil er geliebt wurde. Er verliebte sich in sie, in die Vorstellung, sich in sie zu verlieben, und auch in seinen Schwiegervater, einen ehrenwerten, couragierten Mann, der sich ohne jede Hilfe hochgearbeitet hatte, anfangs mit einem kleinen Kurzwarengeschäft in der Rue du Commerce, zu dem ein zweites dazukam, auf das weitere Läden folgten, die er mit der Zeit übernahm, später war er ins Papierwarengeschäft eingestiegen, hatte expandiert und eine Menge Geld verdient. Er bewunderte ihn so sehr, dass er sein Schwiegersohn werden wollte, um auch ein wenig sein Sohn zu sein, denn er suchte nach einem Vater, er, dessen eigener so streng war, nach einem Mann, der ihn durchs Leben leiten und an ihn glauben sollte.

Und so lief es: Aus Verabredungen wurden gemeinsame Mittagessen, aus Mittagessen Abendessen, aus Abendessen Partys, aus Partys Nächte, aus Nächten Jahre, aus Jahren ein gemeinsames Leben. Das Schicksal entsteht, so scheint es, aus einer Kurzschlusshandlung, einem winzigen Detail, das uns in diese oder jene Richtung abbiegen lässt. Ein Würfelwurf, der vielleicht nicht den Zufall abschafft, aber letztlich doch alles bestimmt.

Ein paar Jahre später versammelten sich ihre Familien an einem sonnigen Wintertag vor dem Rathaus in Montmartre, auf dem Platz oben auf dem Hügel, der Monat ging zu Ende, das Jahr ging zu Ende, es war das Ende des Jahrhunderts, sogar das Ende des Jahrtausends und auch das Ende seines Lebens als Junggeselle. In ihrem mit Spitzen verzierten Kleid, dem Blumenkranz auf dem Kopf, dem blonden Haar, ihren blauen Augen und den roten Lippen glich sie einem Engel. Er liebte sie mit einer speziellen, nur ihr zugedachten Liebe, wie eine Schuld, ein Versprechen, mit tiefer Ergebenheit. Am Abend ihrer Hochzeit spielte eine Band ein Lied für sie, zu dem er Text und Melodie geschrieben hatte. Der Text erinnerte an den Moment, als er zum ersten Mal in ihre Arme gesunken war, und das war er tatsächlich – gesunken. Noch hatte er keine Ahnung, wie tief. Er dachte an den Moment, als er ihr, von einer plötzlichen Eingebung gepackt, nach einer feuchtfröhlichen Sommerparty auf dem Balkon der Wohnung seines zukünftigen Schwiegervaters einen Heiratsantrag gemacht hatte. Da beugte er sich hinüber zu Charles, seinem besten Freund, der gleichzeitig sein Trauzeuge war, und raunte ihm einen Satz zu, auf den dieser mit düsterer, eindringlicher Miene sagte »Sehe ich auch so«: *Ich glaube, ich mache gerade einen gewaltigen Fehler.*

6

Nach der Millenniumsparty ging Amélie zu einer Wahrsagerin, um zu erfahren, ob ihr der Seelenpartner endlich begegnen würde, nach dem sie allen Widerständen zum Trotz und auf sämtlichen Kontinenten verzweifelt suchte. Sie hatte ein Jahr als Nachhilfelehrerin für Französisch in einem Studentenheim in New York verbracht, war zusammen mit Freunden durch Europa gereist, von London bis Athen, von Rom bis Oslo, sie war in Indien und Afrika gewesen, immer in der Hoffnung, den Mann ihres Lebens zu finden, dann einen Vater, mit dem sie ein Kind zeugen könnte, danach jemanden, den sie einfach nur lieben wollte, später einen Gefährten, mit dem sie ein Stück durchs Leben gehen könnte, dann einen Typen für eine Nacht und schließlich aus purer Verzweiflung einen Mann, irgendeinen, für irgendwas, kurzum den erstbesten, der sich fand. Die Wahrsagerin erklärte, sie sei eine Idealistin, dass sie Freundschaft und eine tiefe Verbindung anstrebe, sich gleichzeitig aber auch nach geistigem Austausch sehne, sie außerdem prinzipiell eine Träumerin und großherzig bis zur Selbstaufgabe sei, was ihr viele Enttäuschungen und Fehlschläge einbringen würde. Da sie verschlossen sei, fiele es ihr schwer, Gefühle auszudrücken und jemand anderem ihre Liebe zu gestehen. Aus diesem Grund werde sie ihrem Seelenverwandten mit hoher Wahrscheinlichkeit in ihrem Freundeskreis begegnen.

Doch es gab keine Freunde mehr. Ihre Bekannten, inklusive ihrer Exfreunde, hatten nach und nach geheiratet und waren Familienväter geworden. Es wurde immer schwieriger, sich zu verabreden. Sie hatte ihren Unterricht auf einige wenige Tage gelegt, die restliche Zeit verbrachte sie in der Buchhandlung am Boulevard Montparnasse. Der Besitzer hatte sich zum Verkauf entschlossen, und sie hatte ihm ein Angebot gemacht. Sie nahm einen Kredit auf, den sie von ihrem Gehalt als Lehrerin und den Nachhilfestunden abbezahlen würde. Die Abstandszahlung war ziemlich hoch, dafür übernahm sie eine geschmackvolle Auswahl an Büchern, das klassische intellektuelle Bildungssortiment, und der Laden hatte bis zweiundzwanzig Uhr geöffnet. Sie liebte es, die hereinkommende Kundschaft zu begrüßen, manche kamen regelmäßig und wurden nach und nach zu Freunden, mit denen sie sich unterhielt.

Bei geselligen Abendessen, auf Partys oder durch gemeinsame Bekannte oder Freunde hörte Amélie ab und zu von Vincent. Dann schlug ihr Herz jedes Mal so heftig, dass sie fürchtete, man könne es ihr ansehen. Es war, als würde alles rings um sie her verstummen, und mitten in eine längere Gesprächspause hinein fragte sie: Er arbeitet bei Deloitte? Ist er immer noch mit seiner Frau zusammen? Ja klar, mehr denn je. Sie sind gerade in die USA geflogen. Er wurde befördert und wohnt jetzt in New York. Dann vergaß sie ihn zeitweise wieder. Vor allem, wenn sie gerade mit jemandem zusammen war.

Der 11. September riss ihr den Boden unter den Füßen weg, sie begriff, wie sehr dieser Tag die Welt verändern würde, dass eine Zeit abrupt zu Ende gegangen war und etwas anderes begann. Plötzlich dachte sie an ihn. *Er war in New York.* Wo befand er sich gerade? Arbeitete er in den Twin Towers? Wieder und wieder sah sie sich die Bilder an – die Flugzeuge, die brennenden Türme, der Rauch überall, die Katastrophe –, sie war wie erstarrt.

Es verging einige Zeit, und sie vergaß ihn. Sie vergaß den 11. September, die Twin Towers, die vielen Toten und sogar Vincent. Eines Abends ging sie mit einem jungen Mann auf ein Konzert. Irgendwann spielte die Band einen Song von Nirvana nach, *Come as you are.* Ohne dass sie wusste, warum, hatte sie das Gefühl, das Lied wurde für sie gesungen. *And I swear that I dont't have a gun.* Ihr kamen die Tränen, da nahm er sie in den Arm. Er hieß Max, hatte ein Restaurant und freundliche Augen, trug einen Dreitagebart und eine Lederjacke. Hinterher liefen sie zusammen durch Paris. Das Quartier Latin, die Quais, bis zu den erleuchteten Brücken von Notre-Dame.

Am Ufer der Seine unterhielten sich Max und Amélie über die Katastrophe vom 11. September, das Leben und den Tod. Doch Worte sind unwichtig. Wichtig ist nur die Zeit. Die Zeit, die an jenem Tag plötzlich stillstand für sie. Die Zeit, die höflich wegsah und sich verneigte vor dieser Begegnung zweier Herzen, die einen Moment lang miteinander verschmolzen.

Zu der Stunde, da andere Leute aufstehen, kamen sie sich in einer Wohnung mit Blick auf die Seine näher.

Rauchend, von Angesicht zu Angesicht, in einem Drogenrausch. Mit Haschisch dämpften sie ihren Lebensüberdruss, ihre Furcht vor dem nächsten Tag, ihre Ängste, bis sie sich selbst abhandenkamen, bis sie vergaßen, wer sie waren, und darüber lachen und weinen konnten. Nur um zu fliehen und einen Moment lang nicht sie selbst sein zu müssen. Flogen nach Venedig und Verona, wo sie in der Arena *Aida* sahen und eine heftige Verzweiflung verspürten.

Amélie war so abgelenkt, dass sie ein ganzes Jahr lang an die Liebe glaubte, ein Jubiläum, das sie mit einem feierlichen Toast im Abendlicht am Ufer der Seine begingen. In der Dunkelheit, den Sternenhimmel über sich, dachte sie nicht über das Glück nach. Sie sagte sich, dass es nicht wichtig sei.

Und doch wurde sie auf einer Reise, an einem Strand auf Sardinien, plötzlich von Traurigkeit und Melancholie erfasst. Sie versuchte, eine Tiefgründigkeit in Max zu entdecken, etwas Unendliches, und erkannte nicht, dass dies nur Ausdruck ihres eigenen Wunsches und ihrer Seele war. Sie war romantisch, wie die Wahrsagerin es ihr erklärt hatte. Sie sehnte sich nach der Ehe, einer tiefen Verbindung, Freundschaft war ihr wichtig. Ihr offener und idealistischer Charakter ließ sie die Menschen zwangsläufig lieben. Sie war so sehr eine Träumerin, dass sie sich in ihren Illusionen verlor. Da sie großherzig bis zur Selbstaufgabe war, fiel es ihr schwer, ihre Gefühle auszudrücken, oft blieb sie verschlossen, auch weil sie so erzogen worden war. Tapfer und entschlossen ertrug sie die ihr auferlegte Prüfung und überwand das kleine Stimmungstief.

Einige Zeit darauf, als sie das Lied *Je ne t'aime plus* von Manu Chao im Radio hörte, dachte sie wieder an Vincent. Sie wusste durch gemeinsame Freunde, dass es ihm gut ging, dass er lebte und ein gutes Leben führte, seitdem er wieder in Frankreich war. Sie sprach mit Clara darüber, die ihren Schauspielerfreund, mit dem sie seit der Silvesterparty eine On-Off-Beziehung führte, nach seiner Telefonnummer fragte. Es war noch immer dieselbe Nummer, die, die sie sich auf die Hand und ins Herz geschrieben hatte, und nachdem sie lange gezögert, das Ganze vertagt, gezittert, verzichtet, nachgegeben, das Für und Wider abgewogen und sich ihren Satz, dann einen anderen und noch einen anderen zurechtgelegt und schließlich Clara gefragt hatte, ob es eine gute Idee sei, woraufhin sie noch eine andere Freundin, die eine gegenteilige Meinung äußerte, gefragt und nochmals das Für und Wider abgewogen und, mutlos geworden, ein Glas Alkohol, dann einen Kaffee und noch einen getrunken hatte, um erneut zu zittern, sich zu sagen, dass es nicht die richtige Uhrzeit und ohnehin nicht der richtige Moment sei, und alles auf den nächsten Tag, dann auf den übernächsten zu verschieben, vergaß sie zu hoffen und hoffte zu vergessen, dass sie ihn anrufen wollte, was sie aber schließlich doch unter einem Vorwand tat. Er antwortete mit seiner tiefen, warmherzigen Stimme, sie sagte, dass sie es sei, Amélie, erinnerte er sich an sie? Sie habe an ihn gedacht, sie fragte ihn, ob es ihm gut gehe, ob er immer noch Musik machen würde und noch immer Rilke mochte, ob er in Paris wohne? Sie trafen sich zum Mittag auf den Champs-Élysées, er arbeitete in der Nähe. Für diese Verabredung ging sie zum

Friseur, sie schminkte sich, zog sich mehrmals um und entschied sich schließlich für ein leichtes Kleid und Absatzschuhe. Sie war aufgeregt, ein seltsames Gefühl hatte sie ergriffen, ihre Anspannung war so groß, dass sie sich wie ausgeblutet fühlte, leer und erschöpft, gleichzeitig war sie begeistert von der Vorstellung, ihn wiederzusehen.

Mit Schlips und Kragen, elegant und im Firmenlook kam er ins Restaurant und auf sie zugestürmt und küsste sie auf die Wange. Sie fragte sich, ob sie ihm genauso gefiel wie er ihr. Er setzte sich, lächelte, fuhr sich durchs Haar, richtete den Teller, das Besteck, machte ein paar Scherze, bestellte ohne Umschweife Vorspeise, Hauptgericht und ein Dessert, war übersprudelnd und lustig, hatte eine Menge zu erzählen, berichtete ihr von seiner neuen Arbeit, seinen Reisen, von New York und dem 11. September, den er ganz in der Nähe der Türme erlebt hatte, tatsächlich war er nur knapp entkommen, er hatte die Stadt nach der Katastrophe erlebt, wie ausgehöhlt sei sie gewesen, ihrer innersten Seele beraubt, er verdrehte ihr den Kopf, machte sie ganz benommen, fragte sie, wie es ihr gehe, was sie tun würde, sah ihr in die Augen. Fragte sich vielleicht, was sie von ihm wollte, warum sie dieses Mittagessen vorgeschlagen hatte.

Was sie wollte, war er. Doch so etwas durfte sich eine junge, wohlerzogene Frau nicht eingestehen. Als sie gleichzeitig nach dem Brot griffen, das zwischen ihnen stand, berührten sich ihre Hände aus Versehen. Es kam zu einer Entschuldigung, »nein, nein, bitte, nimm du«, zu einem Blick, der sie erröten ließ, dann schwiegen sie. Diese einfache Geste, eine kurze Berührung seines Fingers, brachte sie aus der Fassung. Sie versuchte, es ihm zu sagen, und sagte: »Und sonst, dein Leben, läuft's, bist du glücklich?« Kurz machte sich Verlegenheit breit. Dann folgte ein erhabener Moment. Ein vielsagender Blick, eine nichtssagende Antwort, ein unausgesprochenes Geständnis. Sie unterhielten sich weiter, sprachen über alles Mögliche, über Wirtschaft, Politik und Moral, über die letzten Wahlen und darüber, dass die Rechten unaufhörlich zulegten, über die spürbare Spannung in den Banlieues und wieder den 11. September, der die Welt auf blutige Weise auseinandergerissen hatte, ohne dass sie ganz ermaßen, auf welche Weise genau, und auch die Internet-Blase, die Finanzwelt, das sind Phasen, sagte er, wenn's schlecht läuft, muss man Geduld haben und auf die nächste Phase warten, und dass er vorhabe, Unternehmer zu werden und sein eigenes Start-up zu gründen.

Sie fragte ihn, was er tat, wie sein Leben lief, ob er glücklich sei. Da erzählte er ihr von seiner Frau. Sie war Schauspielerin. Im Moment spielte sie am Theater, in *Das Spiel von Liebe und Zufall*, ob sie vielleicht Karten wolle? Er schien voller Bewunderung für sie zu sein. Sie dachte, die Liebe macht blind, verwandelt die Menschen in risikofreudige Spieler. Aber musste er ausgerechnet sie lieben, um dermaßen blind zu sein!

Wie als Antwort auf ihre Frage erzählte er ihr, er sei der glücklichste Mensch der Welt. Sie hatte schon verstanden, ja. Nein, sie hatte nicht verstanden. Er war nämlich gerade Vater geworden. Sie verzog den Mund zu einem Lächeln, gratulierte ihm, brachte mit Mühe hervor, das sei ja eine tolle Neuigkeit, und klang dabei gar nicht mal verlogen, glaubte sich selbst kein Wort und dachte insgeheim, dass man es ihr bestimmt ansehen würde, sagte sich, dass sie die eigentliche Schauspielerin sei in dieser Komödie des Lebens, die nichts von einer romantischen Komödie hatte, verstummte, hustete, erstickte beinahe an der Gräte in ihrem Fisch, diesem Fisch, der nicht hinunterwollte, der ihr im Hals feststeckte, sodass ihr die Luft wegblieb. Diesmal gab es nichts mehr zu sagen. Es war, als hätte er ihr das Herz herausgerissen und es in tausend Stücke zerfetzt.

7

Das Kind hieß Jules, und Vincent hatte nur Augen für ihn, das Einzige, das fortan zählte, war: ob sein Sohn gegessen hatte. Seit er auf der Welt war, beschränkte sich alles auf ihn. Zwischen ihm und seiner Frau, die ihm ständig Vorwürfe machte, gab es keine echte Nähe mehr. Er arbeitete den ganzen Tag und kam spätabends erschöpft nach Hause. Er hatte keine Lust mehr auf sie, interessierte sich nicht mehr für das, was sie sagte. Es war, als gelte all seine Liebe nur noch seinem Kind. Seinen Blicken, seinem Lächeln, seinen Händen, seinen Füßchen. Er wiegte ihn stundenlang in den Schlaf und sang ihm Lieder vor. Er ging mit ihm am Wochenende in den Park, ins Schwimmbad, zu Spaziergängen in den Wald. Er hätte alles für ihn getan. Da seine Frau nicht mehr arbeitete, ernährte er allein die Familie. Sie gab keine sonderlich gute Mutter ab, also war er dem Kind Vater und Mutter zugleich. Er glich die Unzulänglichkeiten aus und sorgte für die Zuneigung, die er von ihr nicht bekam. Nie wäre er früher auf den Gedanken gekommen, dass manche Menschen als Eltern taugen und andere nicht. Dass es nicht natürlich, angeboren, einfach war. Dass manche Leute Kinder als Trophäen ansahen oder als Gegenstände, die man umtauschen kann, während andere voller Entzücken zusahen, wie sie größer wurden, und jeden Schritt verfolgten, jedes Wort, jeden Blick, jedes Spiel, schließlich war der Anblick seines Kindes für ihn das Schönste auf der Welt. Nichts anderes zählte mehr, nicht seine Eltern, die er mied, und auch nicht seine Freunde, für die er keinerlei Interesse mehr aufbrachte. Sein ganzes Dasein wurde zum Spiegel der Schönheit, die er in dem Kind erblickte.

Jules war der Sinn seines Lebens. Er gab ihm die Kraft, sich durchzubeißen und weiterzuarbeiten: Er war als Berater bei einer anderen Firma eingestiegen, verdiente gut und hatte sich auf die Entwicklung einer Zukunftsbranche spezialisiert, an die er glaubte – neue Technologien. Eine großartige Idee. Sie wurde belohnt, sein Gehalt wurde erhöht, die Familie zog ins 6. Arrondissement, in die Rue du Bac in Saint-Germain, nicht weit vom Park in der Rue de Babylone, wo es eine Gartenanlage gab, eine schöne französische Gartenanlage, in der er gern mit Jules spazieren ging, manchmal setzten sie sich auch auf den Rasen vor den Gemüsegarten, ein kleines verstecktes Paradies im Grünen, mitten in der Stadt, mitten im Leben, seinem Leben.

Seine Frau kümmerte sich auch nicht um den Haushalt. Sie mochte weder kochen noch aufräumen. Es war, als seien die Rollen vertauscht. Er machte das Essen und wusch ab: Sie hätte sich mit einer Zeitung hinsetzen und eine Zigarre rauchen können. Aber es wäre ihm nie eingefallen, sich darüber zu beklagen. Auch wenn er genau spürte, dass seine Gefühle für sie nicht mehr so stark waren wie zu Beginn, respektierte er sie. Wenn sie sich stritten, was immer häufiger vorkam, blieb er ruhig und schwieg tunlichst, um die Dinge nicht noch schlimmer zu machen – was die Dinge nur noch schlimmer machte. Wortlos verdrehte er die Augen. Er dachte nur noch daran, sich mit neuem Schwung in die Arbeit zu stürzen – für seinen Sohn. Er wollte ihn verwöhnen, sich um ihn kümmern, ihn möglichst glücklich machen. Eines Tages unterhielt er sich mit seinem Schwiegervater über dessen Läden, ein Kurzwaren- und ein Schreibwarengeschäft, die rote Zahlen schrieben. So kam er auf die Idee, die sie reich machen würde. Online verkaufen, dank des Internets und der technischen Revolution.

Als er Amélie an jenem Tag zum Mittagessen traf, war er verblüfft über ihre Schönheit. Er betrachtete ihren Mund, ihre Augen, die gepflegten, schlanken Hände. Ihre Finger, die sich bewegten, wenn sie sprach. Die Lippen, so weich. Wenn sie lächelte, kamen ihre Zähne zum Vorschein, die akkurat und diszipliniert waren wie sie. Ihre Körperhaltung, ein wenig steif. Die Schultern leicht gebeugt, wie um sich zu schützen. Ihre Begeisterung, ihr Lachen, ihre Einfälle. Er dachte bei sich, dass sein Herz immer etwas schneller schlug, wenn er sie sah. Etwas Undefinierbares ging zwischen ihnen vor, was nichts mit dem zu tun hatte, worüber sie redeten. Eine versteckte Sprache, die von ihren Körpern ausging, der Seele. Wahrscheinlich von ihrem tiefsten Inneren. Ein Subtext zu ihrer scheinbar harmlosen Unterhaltung. Über das, was sie taten, über Bücher, Musik, ihr Land, Politik und seine Reisen. Doch was war sie für ihn? Sie war nicht seine Freundin, nicht seine Geliebte und auch nicht seine Frau. Sie war anders – und ihm nicht egal. Sie war wie eine Konstante inmitten der Variablen seines Lebens. Wer war sie wirklich? Er hätte es nicht genau sagen können. Nie hätte er sich erlaubt, das, was er empfand, in Worte zu fassen. Er spürte etwas, er bebte innerlich, ohne sich dessen bewusst zu sein. Er analysierte nicht, was doch so offenkundig war, zog keine Schlussfolgerungen daraus. Aus dieser Unterhaltung, die endlos war oder einfach nicht abriss; und in der sie sich wieder und wieder nicht sagten: *Siehst du denn nicht, dass ich sterbe vor Lust, dich zu lieben*?

8

Fünfunddreißig Jahre, so etwas feiert man, selbst wenn man immer noch Single ist … Am 9. Mai 2003, ihrem Geburtstag, saß Amélie mit Clara und ein paar anderen Freunden in einem Restaurant im Bastille-Viertel, in der Rue de la Roquette. Sie hatte ihren Fotoapparat mitgebracht und bat jemanden am Nebentisch, ein Gruppenfoto zu machen. Der junge freundliche Mann, aufrecht und stolz, mit hellen Augen hinter einer runden Brille und einem trotz seiner Kahlköpfigkeit ansprechenden Gesicht kam der Bitte nach. Doch der Apparat funktionierte nicht. Ruhig, aufmerksam und äußerst höflich schlug er ihr vor, ein Foto mit seinem Handy zu machen, einem Nokia, das über einen eingebauten Fotoapparat verfügte. Amélie war einverstanden, er fragte sie nach ihrer Telefonnummer, um ihr das Foto zu schicken, und versprach, dass er beides, Foto und Nummer, hinterher sogleich löschen würde, worauf die junge Frau antwortete: »Schade, Sie sollten sie behalten.« Dann schrieb er ihr eine Nachricht, sie antwortete, und auf diese Weise unterhielten sie sich über mehrere Tage hinweg, von Handy zu Handy, ein reizendes Geplänkel, die Zeit der SMS war gerade erst angebrochen, er lud sie zum Essen ein, in dasselbe Restaurant, in dem sie sich kennengelernt hatten, an der Bastille, sie sahen sich mehrmals, eines Abends küsste er sie auf dem Pont des Arts, er nahm sie für ein Wochenende mit nach Cabourg, und dann brannte eines Tages das Apartment ab, in dem er wohnte. Er hatte kaum mehr ein Kleidungsstück, auch fast keine Möbel mehr. Natürlich zog er mit den wenigen Sachen, die ihm geblieben waren, bei ihr ein, und so kam es, dass sie zusammenlebten.

Da Fabrice Chirurg war und seine Facharztausbildung in einem Ärzteteam absolvierte, das rund um die Uhr schuftete und abends in den Bereitschaftsräumen feierte, schlug er Amélie vor, in den OP zu kommen und bei einer Operation am offenen Herzen dabei zu sein. Sie schaute zu, wie er einen Brustkorb öffnete und einen Schnitt setzte, dann das Herz in seinen Händen hielt, das Herz, das er gestoppt hatte, um es zu operieren, und eine verstopfte Arterie durch eine Vene ersetzte, die er zuvor aus dem Bein entnommen hatte. Danach setzte er das funktionsfähige Herz wieder ein, nachdem er die Vene direkt an das Organ genäht hatte. Es war das Beeindruckendste, was sie jemals gesehen hatte. Das Erlebnis versetzte sie in Begeisterung, zugleich war sie erschüttert, dass sie Leben und Tod so nah beieinander direkt vor sich sah. Sie hatte den Eindruck, das Absolute habe sich ihr offenbart. Sie sagte sich, dass das Herz dort ihres war und dass es wieder zu schlagen begann für diesen Mann, den sie bewunderte, ja den sie liebte, mit ihrem ganzen wiederbelebten Herzen, das er in seinen Händen hielt. Und er? Als sie ohnmächtig zu werden drohte, hatte er zu ihr gesagt, dass man seine Gefühle bei einer Operation von sich abtrennen müsse.

Und ansonsten?, fragte sie. Ansonsten war er noch nie verliebt gewesen.

Er gewann die Menschen für sich durch seine Intelligenz, seine Fähigkeit zuzuhören und seine Verführungskraft. Er ruhte in sich, während sie ängstlich war, er war praktisch veranlagt, während sie Träumen nachhing, er war zuversichtlich und stark, auch wenn er bei genauerer Betrachtung nicht wirklich schön war, mit dem leicht verkniffenen Mund und der hohen Stirn, aber er hatte grüne Augen, ein schönes Lächeln, war ziemlich verführerisch und ganz sicher ein Verführungskünstler. So war sie zufällig an ihn geraten, nachdem sie von einem Mann zum nächsten getingelt war, in dem seltsamen Gefühl, dass sie alle austauschbar waren, sie ähnelten einander und wirkten alle gleich auf sie. Mit ihm langweilte sie sich immerhin nicht. Er ging frühmorgens aus dem Haus, kam spätabends heim, hatte anstrengende Tage, rettete Leben, hielt Herzen in seiner Hand, darunter ihres, weshalb sie, als sie ihn bat, er solle ihr einen Heiratsantrag machen, was er auch tat, Ja sagte.

Vor dem Rathaus im 6. Arrondissement an der Place des Grands-Hommes, wo das Panthéon und seine Berühmtheiten thronen, kamen ihre Eltern, die Verwandtschaft und die Freunde zusammen. Die Brüder, die Schwestern, die Cousins und Cousinen. Im Hotel nebenan war ein Empfang geplant. Die Gäste trafen bei regnerischem Wetter ein. Sie hätte Teil dieser Gästeschar sein können, wie bei den vielen Eheschließungen ihrer Freunde, bei denen sie seit Jahren dabei war, als Trauzeugin oder Brautjungfer, als Schwester (zwei Mal) oder Freundin, als Cousine, als Single, als Ex, bei den Junggesellinnenabschieden, den Planungen für die Hochzeitsfeiern, für die Kleider, die Torten, die Trauungszeremonien und bei den Babypartys. Ihre Familie war aus der Normandie angereist. Ihre Eltern, festlich gekleidet, ihre Schwestern, ihre Freunde und Clara, ihre Trauzeugin, die einen Hut mit einem kleinen Schleier, ein unerhört eng anliegendes blassviolettes Kleid und ihr neues Hündchen trug, das sich angesichts des Hundewetters in ihren Arm schmiegte.

Die Sonne schien zwischen den Tropfen hindurch, der Gehweg glänzte, und ihr Herz schlug heftig. Sie war überglücklich. Sie dachte, ihr Leben als Frau würde in der Ehe münden, dass sie sich nichts sehnlicher wünschen könne. Nach dem Schauer zeichnete sich ein Regenbogen am Himmel ab. Sie sah darin das Symbol für das neue Leben, das vor ihr lag. Die gemeinsame Existenz in der kleinen Dachwohnung im Marais, in der sie zusammen wohnten. Ganz in der Nähe schimmerte dunkel die Seine, die Sonne ging in ihren spiegelnden Fluten unter, wo ein riesiger dunkel gewandeter Eiffelturm versank, dessen Schatten sanft übers Wasser strich. Paris war von einem Hitzesommer heimgesucht worden, in New York hatte man gerade das Projekt der Architekten Libeskind und Childs ausgewählt, um die Zwillingstürme des World Trade Centers zu ersetzen, das Columbia Shuttle war mit all seinen Passagieren an Bord explodiert, und der Mars war noch nie so dicht an die Erde herangekommen, die Erde, die sich noch immer drehte, nachdem das Jahr 2000 längst vorüber war und sich die Augen der Jungvermählten auf dieser

Seite der Erdkugel im Licht der Dämmerung geschlossen hatten, nach dieser verregneten, glücklichen, gedankenlosen Hochzeit, die ein Märchen, eine Katastrophe war.

9

Am 5. Juli 2005 regnete es, während sie Richtung Paris unterwegs waren. Jules war auf dem Rücksitz eingeschlafen. Sophie hatte zu schreien angefangen. Sie sagte zu Vincent, sie würde sich nicht sicher fühlen, dass er schlecht fahren würde, zu schnell, zu langsam, zu irgendwas, immer passte ihr was nicht. Plötzlich hielt er auf einem Autobahnrastplatz, stieg aus dem Wagen und schmiss die Tür zu, als bekäme er keine Luft mehr.

»Was soll der Quatsch? Bist du krank?«, fragte sie, während sie zu ihm ging.

Jules war aufgewacht und schaute seine Eltern wortlos durch die Fensterscheibe an.

»Ich kann nicht mehr, Sophie. Ich ersticke. Ich habe das Gefühl, ich sterbe.«

»Das müssen die Austern sein. Du weißt doch, dass du allergisch bist.«

»Nein, es liegt nicht an den Austern. Es liegt an … dir.«

»An mir? Was soll das heißen?«

»Ich halte diese Streitereien nicht mehr aus. Ich halte dein Geschrei nicht mehr aus.«

»Was soll der Quatsch? Hast du eine Panikattacke? Hast

du deine Antidepressiva heute Morgen etwa nicht genommen?«

»Ja genau, ich hab sie genommen. Ich kann so nicht weitermachen. Ich sehe keinen Sinn mehr.«

»Einen Sinn worin?«

»Einen Sinn in meinem Leben, ich bin völlig durcheinander, keine Ahnung, ich weiß nicht mehr, was ich tun soll.«

»Eine klassische Midlife-Crisis«, meinte sie. »Mit siebenunddreißig bist du etwas früh dran.«

»Es ist mir egal, ob ich älter werde. Ich habe sogar Lust, älter zu werden, weil ich im Grunde will, dass alles vorbei ist.«

»Du musst deine Dosis erhöhen. Mach einen Termin bei Doktor Bansard.«

»Es sind nicht die Antidepressiva. Es geht mir nur nicht mehr gut mit dir, das ist alles.«

»Ach so, es geht dir nicht mehr gut mit mir? Und was stellst du dir vor?«

»Wir sind kein Paar mehr, Sophie. Wir sind du und ich, aber wir sind kein Paar mehr.«

»Und was genau ist das für dich, ein Paar?«

»Ein Paar, das sind zwei Menschen, die sich lieben. Nicht zwei Menschen, die sich ertragen.«

»Wer hier den anderen erträgt, das bin ja wohl ich. Du hast keine Ahnung, wie belastend deine Depression für mich ist und wie schwer es ist, so jemanden Tag für Tag zu unterstützen.«

»Ich glaube nicht …«

»Was?«

»Ich glaube nicht, dass ich depressiv bin.«

»Ach wirklich? Und was sagt dein Therapeut dazu?«

»Er sagt gar nichts. Er hört mir zu. Ich bin nicht depressiv, Sophie, ich ertrage nur dein Geschrei nicht mehr, dein ewiges Gekeife, deine schlechte Laune, die Art, wie du mich behandelst. Wir lieben uns nicht mehr. Ich liebe dich nicht mehr.«

»Hast du etwa jemand anderen?«

»Komisch«, sagte er. »Du lebst seit mehr als zehn Jahren mit mir zusammen und weißt trotzdem immer noch nicht, wer ich bin.«

»Dann sagst du es mir sicher jetzt?«

»Ich bin ein Idealist.«

»Ach wirklich, ein Idealist! Deshalb also bist du ständig auf der Flucht.«

»Auf der Flucht wovor?«

»Auf der Flucht vor mir, vor uns. Vor allem. Besonders vor dir selbst.«

»Das stimmt. Ich glaube, wir sind am Ende.«

»Am Ende von was?«

»Am Ende einer Phase.«

»Was soll der Quatsch? Denkst du, du bist hier in einer Powerpoint-Präsentation?«

»Es tut mir leid, ich kann's nicht richtig ausdrücken. Aber ich glaube, du verstehst, was ich meine.«

»Und was genau meinst du? Willst du abhauen? Du hast jemanden kennengelernt, so viel ist sicher.«

»Nein, da ist niemand.«

»Hör mir gut zu, Vincent. Ich lasse nicht zu, dass du unsere Familie zerstörst. Ich lebe die meiste Zeit allein mit

Jules. Du kümmerst dich um nichts, ich mache alles allein im Haushalt! Also reiß dich zusammen und tu weiter deinen Job. Auch wenn's dich nicht glücklich macht. Genau wie ich. Wie alle Welt.«

»Arbeiten, ja, alles hinnehmen und den Job machen. Nichts anderes tue ich, für dich, für euch. Aber ich habe plötzlich das Gefühl, all das ergibt keinen Sinn mehr. Ich ersticke, verstehst du?«

Am Abend zuvor, während er mit seinem Sohn die Sendung *Nouvelle Star* im Fernsehen schaute, hatte er den Song *Je ne t'aime plus* gehört, fast hätte er losgeheult. Er liebte seine Liebe nicht mehr. Aber er liebte seinen Sohn, mehr als alles auf der Welt. Warum? Was war geschehen?

Hatte er sie überhaupt je wirklich geliebt oder sich in diese Geschichte bloß hineindrängen lassen, aus Feigheit, aus einer gesellschaftlichen Verpflichtung heraus, weil man nun mal heiraten musste? Es war zu schön gewesen: Sie war hübsch, verführerisch, intelligent, sie machte sich an ihn ran, wollte ihn heiraten. Ein solches Geschenk konnte er nicht ablehnen, selbst wenn ihm das alles im Grunde widerstrebte und er vergeblich versuchte, sich zu befreien, was ihm nicht gelang, weil ihm der Mut dazu fehlte und er ein Pflichtmensch war.

»Du hast eine Geliebte. Ganz klar. Komm schon, los, sag's mir!«

»Nein. Du müsstest doch wissen, dass das nicht stimmt. So ein Typ Mann bin ich nicht.«

»Was für ein Typ?«

»Der eine Geliebte hat.«

»Ja klar, natürlich. Du bist nicht wie die anderen, du stehst über den Dingen und opferst dich nur für deine Familie auf, wolltest du das sagen?«

»Ich habe dich nie betrogen. Du ja. Ich nicht.«

»Was meinst du?«

»Ich weiß, dass du mich betrügst«, sagte er.

»Wie kommst du darauf?«

»Man hat's mir erzählt. Man hat dich am Theater gesehen. Du versuchst es nicht mal zu verbergen.«

Zugegeben. Sie hatte Liebhaber, sicher. Doch das war ihr auch schwergefallen. Ihre Ansichten zu ändern, sich selbst gegenüber und dem Leben, das sie sich erträumt hatte. Zu akzeptieren, dass sie nicht die Schauspielerin war, die sie zu sein glaubte, sondern bloß die Schauspielerin ihres Lebens. Sich zum Lügen zu zwingen. Besser zu lügen, mehr zu lügen, ihn aus Spaß an der Freude zu betrügen, aus Hinterlist, aus Mitleid, aus Lust, aus Hass, aus Abscheu vor sich selbst und dem anderen und auch aus Liebe, denn sie wollte ihm nicht wehtun, deshalb war sie nicht gegangen, weil sie ihn noch immer liebte.

Eines Abends war er früher nach Hause gekommen, und sie hatte ihm ihren Geliebten sogar vorgestellt, als wäre er ein Freund. Er hatte überhaupt nichts mitbekommen. Es war, als würde sich nichts in ihm regen, nie äußerte er sich. Er war nicht dumm, aber seine Beschränktheit in Liebesdingen machte ihn blind – oder naiv. Er war wie ein zweites Kind, ein verstockter Jugendlicher, den sie zusammen mit seinem kleinen Bruder aufzog.

»Du liebst mich nicht mehr. Deshalb betrüge ich dich«,

sagte sie. »Du siehst mich nicht mehr an, du gibst nichts mehr auf meine Worte, du nimmst mich gar nicht mehr wahr.«

Am nächsten Tag packte Vincent ein paar persönliche Sachen in einen Koffer und reiste nach London, wohin er für das Unternehmen musste, das er mit seinem Schwiegervater gegründet hatte. Dank seines Erfolgs konnte er sich entziehen, er ging auf Reisen und kam jedes Mal nur für seinen Sohn zurück. Er war nicht wie seine Kollegen, er nutzte die Gelegenheit nicht, um jemanden kennenzulernen oder seine Frau zu betrügen. Er mochte dieses vulgäre Gehabe nicht, er kam nie mit, wenn sie ausgingen, und mischte sich auch nicht in ihre Gespräche. Er war treu.

Während er im Zug saß und die Landschaft draußen vorbeiflog, plauderte er mit seinem Nachbarn. Der erzählte ihm von Meetic, einer Online-Partnervermittlung, die Männer und Frauen nach sehr genauen Kriterien zusammenbrachte. Sein Reisegefährte hatte sich angemeldet und verbrachte viel Zeit auf der Seite, er traf Frauen, zuerst virtuell, später auch in der Wirklichkeit. Den Rest der Fahrt ließ Vincent seine Ehe an sich vorüberziehen wie einen Film. Er hatte nie daran gedacht, seine Frau zu betrügen, trotzdem verspürte er eine Art Bedauern darüber, es nicht getan zu haben.

Er schaute auf sein Handy, er hatte eine Nachricht von Sophie bekommen: *Ich liebe dich, Vincent, ich denke an dich, an uns. An unsere Familie.* Was bedeutete dieses *Ich liebe dich*? War es eine Erinnerung, eine Bitte, ein Versprechen? Vielleicht sollte es auch heißen, ich liebe dich immer noch, unsere Geschichte ist noch nicht vorbei, versuchen wir, gemeinsam weiterzumachen. Oder war es ein Hilferuf, der eigentlich bedeutete, liebe mich, liebe mich wieder? War es das Zeichen einer unausgesprochenen Verpflichtung, einer Verantwortung gegenüber einer Familie, die er nicht kaputt machen sollte, nicht kaputt machen *durfte*? Und wäre es nur für seinen Sohn. Die Liebe – stärker als die Leidenschaft. Die Kinder – stärker als die Liebe. Und man selbst – schwächer als sonst irgendwas.

Seine Frau mit ihrem strahlenden, zärtlichen, bezaubernden Lächeln. Seine Frau wie eine Verlängerung seiner selbst, wie ein Teil von ihm, wie sein Kind. Seine Frau, die sein tägliches Leben war, sein Bett, seine abendlichen Mahlzeiten und sein Frühstück, seine Sonntagsausflüge, seine Erinnerungen – seine Vergangenheit.

Seine Frau, die mit ihm am Telefon sprach, der Klang ihrer Stimme, wenn sie diskutierte, mit Worten, die vertraut klangen und ihn in die Enge trieben, in seinem eigenen Haus, bei ihnen daheim, bei ihm, denn der Mann dieser Frau war er. Seine Frau, die stets lauernd auf ihn wartete. Seine Frau, die ihn und seinen Sohn anschrie, ihn an seine Pflicht erinnerte, an sein Gedächtnis, seinen Schrank, seine Couch, seine Frau, seine Mutter, auch eine Frau, von einst, genau wie seine Frau, die er einst geheiratet und zu seiner gemacht hatte und deren Gleichgültigkeit grandios war, seine Prinzessinnen-Frau, die verschiedene Frauen in sich trug, Putzfrauen, Hausfrauen und Assistentinnen, gestrige Frauen, Mütter und Großmütter, und seine Frau in seinem Bett, seine Frau, die ihm ein Kind machte, seine Frau, die ins Telefon schrie, diese Frau, die nicht mehr seine Frau war.

Und er: ein rechtschaffener Mann, der sein ganzes Leben um seine Familie herum errichtet hatte. Der geheiratet hatte, weil er verliebt gewesen war, und der aus Liebe blieb, der ihr alles gegeben hatte, was man geben konnte: seine Zeit, sein Leben, sein Heim, Geld, ein Kind, ein Unternehmen. Alles in seiner Macht Stehende hatte er getan für sie, doch das machte sie nicht glücklich, denn das Einzige, was er nicht vermochte ihr zu geben, war sein Herz.

Am nächsten Morgen stand er früh auf. Ziellos streifte er durch London. Es regnete, und er setzte sich in ein Café, wo er ein Pärchen bemerkte, das sich in die Augen sah und verliebt wirkte. Franzosen. Er sagte sich, nur Franzosen stellen die Liebe über alles. Plötzlich dachte er an das Mädchen, Amélie. Er fragte sich, aus welchem Grund sie ihm eine SMS geschrieben hatte nach all der Zeit, was sie wohl gerade tat, wie es ihr ging und auch, warum sie ihm ausgerechnet in diesem Moment seines Lebens in den Sinn kam. Er hatte Lust, sie anzurufen, und holte sein Handy hervor, doch im selben Moment, da er ihre Nummer wählen wollte, hörte er eine Detonation. Mehrere Explosionen in der U-Bahn, an der Station King's Cross, unmittelbar neben dem Café, in dem er an diesem Morgen saß, kurz bevor er hinuntergehen wollte, um zu seinem Termin zu fahren. Um ihn herum begann sich alles zu drehen. In ein paar Minuten hätte er genau dort unten gestanden. Er roch die Rauchschwaden, er spürte, wie er keine Luft mehr bekam, und verlor das Bewusstsein.

10

Am 2. Juli 2006 begann alles mit Liebe auf den ersten Blick.

Als Amélie ihn zum ersten Mal sah, fand sie ihn schön und vollkommen, selbst wenn er mit dem dünnen Haar, seinem erschöpften Gesichtsausdruck und der zerknitterten Haut nicht gerade zu den Superschönheiten zählte. Er war ruhig, zufrieden und ausgeglichen. Sie fand, er hatte etwas von einem weisen alten Mann, und dachte bei sich, dass er ihr etwas beizubringen habe, nicht ahnend, wie recht sie damit hatte. Er würde ihr etwas über ihn und sie beibringen. Und dann über sie alle.

An jenem Tag verbrachten sie die Nacht zusammen. Ihre Körper fanden sich, noch vor jedem Wort. Sie bildeten eine Einheit, das war offensichtlich. Sie liebte das Gefühl, wenn sich ihrer beider Schweiß vermischte. Es war so heiß, es gab keine Möglichkeit zur Abkühlung. Sein Mund, seine Hände, die sie gepackt hielten, sein Körper, der sich an ihren gerollt hatte. Wie betört von ihrem Geruch, starrte er sie durchdringend an, mit dem leicht blinden Blick eines Kurzsichtigen. Da begriff sie, dass eine unglaubliche Liebesgeschichte begann.

Jener Sommer war wie eine süß-salzige Halluzination. Sie sah niemanden außer ihn. Die hitzegeplagten Menschen hatten sich zu Hause verschanzt oder fuhren irgendwohin, wo es möglich war, sich abzukühlen, aber sie nicht, nein. Von Zeit zu Zeit stand sie auf, trank einen Schluck Wasser, aß etwas und ging wieder zu ihm. Diese unwirkliche Hitze verlieh ihrer Beziehung ein brennendes Gefühl. Es war wie eine Blase, eine Kammer, ein Kokon, ein Paralleluniversum, in dem es nur noch ihn gab und nur noch sie.

Er sprach durch Blicke und Gesten zu ihr. Ausnahmsweise war sie die Gesprächigere, die ihm Worte zuflüsterte, Liebesworte. Er erschnupperte sie, suchte nach ihr, er konnte nicht ohne sie sein, ohne ihren Körper. Nacht und Tag waren sie durch einen unsichtbaren, untrennbaren Faden miteinander verbunden. Oft weckte er sie nachts auf. Er brauchte sie so sehr. Morgens beim Aufstehen war er das Licht des Tages. Sie betrachtete ihn und konnte es nicht fassen, dass er da lag, an ihrer Seite, es war so unglaublich schön.

Da seine Liebe stark und sein Bedürfnis nach ihr so dringlich war, hatte sie niemals Angst, sie könne ihm nicht gefallen. Sie wusste, dass sie die Schönste für ihn war, selbst wenn sie sich nicht gekämmt hatte und ungeschminkt war. Auch was sie anhatte, war ihm egal. Er liebte sie um ihrer selbst willen. Er wusste nicht, wer sie war, was sie für ein Leben führte, er entdeckte sie jeden Tag, war mit allem einverstanden – außer damit, dass sie wegging, und war es auch nur für eine Sekunde.

Manchmal wurde es ihr fast zu viel. Sie musste Luft schnappen, musste kurz raus, um einen klaren Gedanken zu fassen, doch das ließ er nicht zu. Sobald sie aus dem Zimmer ging, stürzte er in Verzweiflung. Er ertrug es nicht. Sie sollte nicht weggehen, er wollte sie ganz allein für sich und war eifersüchtig, ungestüm und tyrannisch, und auch sie mochte es nicht, wenn sich ihm andere näherten, ihn anfassten, ihn in den Arm nahmen oder küssten. Sie gehörten einander. Es gab nur sie allein auf der Welt. Sie brauchten niemanden. Welche Liebe könnte leidenschaftlicher sein?

Doch es wurde September. Die Menschen kehrten aus den Ferien zurück, die Arbeit begann wieder. Die Hitze hatte sich gelegt. Wind wehte und vertrieb den Altweibersommer. Da beschloss sie, ihn zu verlassen. Anfangs sträubte er sich dagegen. Er schrie, weinte, tobte. Er lag da und wartete auf sie, den ganzen Tag tat er nichts anderes, als auf ihre Rückkehr zu warten. Irgendwann fand er sich damit ab. Er tröstete sich in den Armen einer anderen.

Abends jedoch, wenn sie wieder bei ihm war, war es, als täte sich ihm und ihr das ganze Universum auf, für die Dauer eines Kusses waren sie zärtlich vereint, leise raunte sie ihm süße Worte ins Ohr, während sie seine Hände streichelte und sich Auge in Auge im Anblick ihres Babys verlor.

Für ihn war sie zu allem bereit. Er mutete ihr das Äußerste zu, weckte sie seit seiner Geburt sechs Mal in der Nacht auf, und sie machte all die Launen und Wutanfälle mit, gab seinen herrischen Ansprüchen nach. Er war ihr Gebieter. Er verlangte absolute Selbstaufgabe. Für ihn tat sie alles.

Ihn wenn nötig alle fünf Minuten stillen, ihn füttern und waschen, ihn anziehen, mit ihm zum Kinderarzt gehen. Sein Lächeln war ihr Belohnung genug. Für ihn hätte sie allen Gefahren getrotzt und die Sterne vom Himmel geholt. Seitdem sie ihn auf die Welt gebracht hatte, erschien ihr alles andere lächerlich. Jetzt kannte sie das Glück, zu lieben und wiedergeliebt zu werden. Sie war alles für ihn, er war alles für sie. In kurzer Zeit hatte er sie erobert, und sie gab sich ihm rückhaltlos hin: Er war zum Mittelpunkt ihres Lebens geworden, ihre ganze Aufmerksamkeit richtete sich nur auf ihn, in jeder Minute, jeder Sekunde, jeder Stunde, jeder Gedanke galt allein ihm. Es gab nur noch ihn auf der Welt.

Ihre Schwangerschaftsmonate waren einsam gewesen. Fabrice arbeitete viel und schien sich nicht mehr für sie zu interessieren. Er betrachtete sie mit einer Art Ablehnung, ja sogar Abscheu. Es war merkwürdig, wie er sie allein gelassen hatte, mit seinen Freunden in den Urlaub gefahren war und verächtlich auf sie herabblickte. Seine Arbeit nahm ihn voll und ganz in Anspruch und sorgte bei ihm für Ängste, was erklärte, dass er spät nach Hause kam, aber nicht, warum er abends lieber mit seinen Freunden wegging, als bei ihr zu sein. Müde, aber froh, dass er ein Zuhause hatte, eine Frau, die das Abendbrot zubereitete, ein gemütliches Heim und ein Glas Wein, aus dem erst eine halbe, dann eine ganze Flasche wurde und später ein Glas Whiskey etc.

Selbst wenn er zu Hause war, war er abwesend. Er interessierte sich weder für sie noch für seinen Sohn, zu dem er nicht einmal ins Zimmer ging. Er schloss sich in seinem Arbeitszimmer ein und kam nicht mehr heraus. Er war unglücklich und traurig, hatte keinerlei Gesprächsthema und erwies sich als gemein, grob und herablassend. Er schaffte es nicht, sich mehr als fünf Minuten am Tag für sie zu interessieren. Alles darüber hinaus war zu viel für ihn. Er machte nie Urlaub mit ihnen. Sonntags schloss er sich in seinem Zimmer ein, wo er eine Zigarette nach der anderen rauchte. Er bezahlte nichts, oder so wenig wie möglich, weder die Entbindung noch eine einzige Windel für sein Kind, er kaufte nie ein, kümmerte sich nur um sich selbst. Nie ein Geschenk, nie eine Aufmerksamkeit. Es war ihm alles egal. Er hatte nur eine Person im Blick: sich selbst. Er lebte oder tat so, als würde er leben, doch in Wahrheit gehörte er zu den Scheintoten, den vom Leben Traumatisierten, die nicht mal mehr ans Existieren denken, sondern lediglich den Schein wahren wollen, um gut dazustehen. Amélie begriff, dass er sie benutzt hatte, einzig und allein zu diesem Zweck. Sie hatte das Gefühl, in der Falle zu sitzen, sie sagte sich, dass es vorbei sei mit ihnen und es keinerlei Möglichkeit gab, noch länger mit ihm zusammenzubleiben, deshalb bat sie ihn um ein zweites Kind.

Sie wollte nicht, dass ihr Sohn allein mit ihm war. Sie liebte ihn so sehr, dass sie die Grausamkeiten ihres Mannes still über sich ergehen ließ, sie liebte ihn so sehr, dass sie beschloss, alles in ihrer Macht Stehende zu tun, damit er ein Geschwisterchen bekam, das in den Wirren der Scheidung, über die sie immer häufiger nachdachte, gleich einem treuen Gefährten bei ihm wäre. Damit er eine Schulter zum Ausweinen hätte, einen Freund, mit dem er reden konnte. Vor allem mochte sie sich nicht vorstellen, dass ihr Sohn allein blieb mit seinem Vater, der angefangen hatte zu trinken, um sich über seine Langeweile oder Verzweiflung hinwegzuhelfen. Oft fand sie in seinem Arbeitszimmer leere Whiskeyflaschen. Wenn er trank, verlor er jegliche Kontrolle, und mehr als einmal hatte sie ihm aufhelfen müssen, weil er vollkommen betrunken im Wohnzimmer neben seinem Sohn lag, der ihn durch die Gitterstäbe seines Laufstalls ratlos anblickte.

Eines Abends fragte sie Fabrice, ob sie mit ihm reden könne, als handelte es sich um eine Anhörung oder einen Arzttermin. Sie zeigte ihm den positiven Schwangerschaftstest. Bestürzt sahen sie sich an. Sie wussten beide, dass sie sich damit in viele weitere Jahre hineinmanövriert hatten, auf die sie keinerlei Lust hatten, denn mittlerweile konnten sie sich nicht mehr ausstehen. Sie hatte eine schwierige Schwangerschaft vor sich, nicht weil sie sich allein um ihren Sohn und die Arbeit kümmerte, sondern weil ihr Mann immer boshafter wurde. Er hasste sie: Ihre Mutterschaft schien ihm regelrechten Ekel einzuflößen. Er projizierte seine eigene Mutter in sie hinein, die er verabscheute. Er interessierte sich weder für ihre Buchhandlung, die er nie betrat, noch für ihre Freunde oder ihre Familie: Alles, was mit ihr zu tun hatte, war ihm einfach nur lästig. Ohne ein Lächeln kam er abends nach Hause und stellte seine Tasche ab, und jedes Mal fragte sie sich, was er da wohl hineintat, ein Stethoskop vielleicht?

Eines Tages rief sie ihn an, um zu erfahren, wann er nach Hause käme, er sagte, er sei noch im Krankenhaus, und als sie in das Café unten in ihrem Haus gegangen war, um sich mit einer Freundin zu treffen, hatte sie ihn gesehen. Zusammen mit einem Freund saß er da und trank ein Bier, er lächelte. Er lief vor ihnen weg, vor ihr und den Kindern, und er hatte seine Gründe. Das Krankenhaus, die Sprechstunden, seine Reisen zu Kongressen, von denen er jedes Mal glücklich zurückkam, im Gepäck angebrochene Viagra-Packungen. Wenn er anwesend war, war er noch abwesender, als wenn er wirklich abwesend war.

So hätte es zwanzig Jahre lang weitergehen können, ein Leben lang sogar. Er gaukelte aller Welt und sich selbst vor, er hätte eine Familie, eine Ehefrau, eine Beziehung. Er sah nichts, hörte nichts, interessierte sich für nichts, außer wenn es darum ging, etwas zu verurteilen, zu kritisieren oder über jemanden herzuziehen. Er redete nur, wenn es etwas an jemandem auszusetzen gab. Er hat Todessehnsucht, sagte ihre Psychotherapeutin, zu der sie immer häufiger ging, um ihr Leben erträglich zu machen, um nach einer Lösung zu suchen, denn zu einer Scheidung konnte sie sich nicht durchringen, wollte sich aber auch nicht damit abfinden, bei ihm zu bleiben.

Oft fragte sich Amélie, wie er so leben konnte. Manchmal hatte sie das Gefühl, zu einer Horde zu gehören, einem Verbund von Säugetieren, die nur deshalb zusammenlebten, weil sie beschlossen hatten, sich fortzupflanzen.

Eines Abends, als er sich mit Alkohol und Haschisch in seinem Arbeitszimmer eingeschlossen hatte, kam sie ins Wohnzimmer, nachdem sie die Kinder zu Bett gebracht hatte. Auf der Anrichte thronte gleich einem großen rosa Bonbon der Laptop, den sie anschaltete. Fabrice tauchte auf, er schien high zu sein. Wenn er was geraucht hatte, war er immer gut gelaunt, die Augen verdreht, mit geweiteten Pupillen, wirkte er vergnügt, ja beinahe sympathisch.

»Und, bist du immer noch nicht bei Facebook angemeldet?«

»Wo angemeldet?«

»Bei Facebook! Du Ärmste. Bist wohl nicht auf dem neusten Stand.«

»Ich habe keine Ahnung, wie das geht. Kannst du's mir zeigen?«

»Klar kann ich. Dann hast du wenigstens was zu tun!« Er lachte laut auf.

In der Hand seinen Joint, setzte er sich und öffnete mit der anderen ein Fenster auf dem Bildschirm, wo das blaue Logo erschien. Er meldete Amélie mit ihrem Namen an und gab ihre Mail-Adresse ein.

»Fertig«, sagte er, bevor er wieder in seinem Arbeitszimmer verschwand. »Viel Spaß damit, Süße.«

Sie betrachtete den Computerbildschirm, auf dem das Icon von Facebook prangte. Kaum war das Konto mit ihrem Namen, Amélie Maurel, den sie seit ihrer Heirat trug, eingerichtet, schlug es ihr auch schon potenzielle Freunde und erste Anfragen vor. Sie fragte sich, wer überhaupt als Freund infrage käme. Sie durchforstete ihre Kontakte. Als sie den Namen Vincent Brunel entdeckte, fuhr ihr Herz auf. Sie machte sich auf die Suche nach seinem Profil und fand es, mitsamt seinem Foto, lächelnd, Dreitagebart, die

Haare kurz, dazu Veröffentlichungen von ihm über einen Kongress, eine Mitteilung, berufliche Reisen in verschiedene Länder, auch Urlaubsfotos, von seinem Sohn, seiner Frau und ihm unter Kokospalmen. Er hatte mehr als hundert Freunde, was ihr ungeheuer viel vorkam. Neugierig geworden, schickte sie ihm eine Freundschaftsanfrage. Er antwortete noch im selben Augenblick. Zauberei! Auf diese Weise war es möglich, sich mit anderen in Verbindung zu setzen, mit ihnen zusammenzukommen, ganz ohne Telefon, ohne Worte, ohne Auto, ohne Metro oder Bus, einfach durch den heiligen Geist von Facebook. Eine Form der Allgegenwart auf Erden war soeben entstanden!

»*Wie geht's dir, Amélie?*«, schrieb er.

»*Ganz okay, und dir?*«

»*Super.*«

»*Echt toll, dass ich dich hier im Netz wiederfinde!*«

»*Was machst du so? Wohnst du in Paris?*«

»*Ja, ich bin hier. Und du?*«

»*Ich auch.*«

Und so kam es, dass sie sich am 12. Dezember 2008 verabredeten.

11

Am 16. Dezember 2008 rechnete Amélie nach. Es war jetzt über fünf Jahre her, dass sie sich gesehen hatten. Beim letzten Mal hatte er ihr von der Geburt seines Sohnes berichtet. Im Badezimmerspiegel sah sie, dass sie seit den Geburten ihrer Kinder zugenommen hatte, dazu ein paar Falten und graue Haare, und ihr wurde klar, wie die Zeit vergeht.

Sie ging zum Friseur, ließ sich die Haare schneiden und färben, holte erst ein Kostüm aus dem Schrank, dann ein Kleid, danach Rock und Pulli und schließlich noch eine Hose, zog hochhackige Schuhe an, um schlanker zu wirken, schminkte und parfümierte sich, als wollte sie sich ins Nachtleben stürzen, zog sich doch noch mal um und Jeans und T-Shirt an und traf ihn in einem Restaurant in der Rue de Ponthieu, wo seine Geschäftsräume lagen.

Vincent saß da, pünktlich, unverändert, noch immer derselbe, in einem dunklen Anzug über einem weißen Hemd, ohne Schlips. Alles war genau wie früher, außer dass sein Haar an den Schläfen grauer geworden war. In seinem Blick lag noch immer dieses Lächeln. Seine Augen, die geradewegs in ihren versanken. In seiner gut gelaunten, äußerst sympathischen und witzigen Art fragte er sie, wie es ihr ginge. Er hatte sie so lange nicht gesehen! Da erzählte sie ihm von ihren Kindern. In den letzten drei Jahren war sie entweder schwanger gewesen oder hatte gestillt, hatte sich aufgerieben zwischen Spielen, Baden und den Mahlzeiten, in Parks und Geschäften, während sie sich gleichzeitig weiter um ihre Buchhandlung gekümmert hatte. Sie erzählte ihm, dass sie, obwohl verheiratet, das Leben einer alleinerziehenden Mutter führe, sich um alles selbst kümmere, sich ausgelaugt fühle, so müde, dass ihr tagsüber oft schwindlig sei, sie fragte sich, wie die anderen Mütter es schafften, morgens so schick auszusehen, wenn sie ihre Kinder zum Kindergarten brachten, vielleicht waren sie nicht so allein wie sie, vielleicht hatten sie jemanden, der ihnen half, oder einen Ehemann, einen liebevollen, ganz normalen Partner, der da war, auch wenn es nicht gerade ihr Wunsch sei, ihrer möge häufiger zu Hause sein.

»Wie alt sind deine Kinder?«, fragte er sie.

»Arthur ist zweieinhalb und Pauline ein Jahr alt.«

»Und deine Eltern, leben sie immer noch in der Normandie?«

»Ja! Um ehrlich zu sein, sehe ich sie nicht mehr allzu oft.«

»Das kann ich verstehen. Ich bin auch auf Abstand gegangen. Seit der Beerdigung meines Großvaters letztes Jahr.«

»Das tut mir leid. Ich erinnere mich, dass du ihm sehr nahestandst.«

»Ja, es war traurig, aber … mittlerweile geht's. Und dein Mann ist also Arzt?«

Sie erzählte ihm nicht, dass sie Fabrice nicht mehr ertrug und auch nicht seine Eltern mit ihrem ätzenden Gutmenschentum, dass ihre Ehe nur noch Heuchelei und Leiden war, dass die Mutterschaft ihre Ehe zugrunde richtete, die aber ohnehin längst zerstört war durch ihr gemeinsames Leben und die Grausamkeiten desjenigen, den sie in einem Moment geistiger Verwirrung oder hormoneller Panik einen Augenblick lang zu lieben geglaubt hatte. Sie spielte mit dem Gedanken, sich scheiden zu lassen, konnte aber die Vorstellung noch nicht ertragen, ihre Kinder jedes zweite Wochenende oder – noch schlimmer – jede zweite Woche ihm zu überlassen, wie es bei den Richtern gerade angesagt war. Sie sagte ihm auch nichts davon, dass ihr Mann an Depressionen litt, selbst wenn er dachte, es würde ihm gut gehen. Mehr noch: Nicht nur, dass er es nicht wusste, er glaubte auch, er sei der König der Welt, ein Halbgott, voller Verachtung und Hochmut, der die Menschen benutzte und sie danach wegstieß, wie er es mit ihr getan hatte, nein, es war nichts Aufrichtiges an ihm. Ein Egoist, ein Opportunist, ein Fatalist, eine Jammergestalt war er.

»Mein Mann«, flüsterte sie, »... ist das genaue Gegenteil von dir.«

Er sah sie verblüfft an, fast war er peinlich berührt von diesem Geständnis.

»Was meinst du damit?«

»Die Ehe ist ein Glücksspiel. Eine Wundertüte, man weiß vorher nicht genau, was man darin findet. In meinem Fall war's eine schwarze Seele. Hartherzigkeit. Und Knauserigkeit.«

»Schenkt er dir nichts?«

»Nein, nie.«

»Blumen?«

»Es ist lange her, dass mir ein Mann Blumen geschenkt hat.«

»Dir würd ich weiße Rosen schenken.«

»Konjunktiv oder Futur?«

»Was?«

»Dein Satz – hast du ›würde‹ gesagt oder ›werde‹? Das ist schon ein Unterschied.«

»Konjunktiv Futur, Frau Lehrerin.«

»Das gibt's nicht.«

»Ganz sicher?«

»Und wieso weiße?«

»Weiße Rosen bedeuten Freundschaft.«

»Wirklich?«

»Was dachtest du denn?«

»Na, Reinheit des Gefühls!«

Sie sah ihn an, er hielt ihrem Blick stand, kurz war sie versucht, seine Hand zu nehmen, sie zu sich heranzuziehen, damit in diesem Moment alles eine neue Wendung nahm, sie wollte ihm endlich sagen, was sie nie gewagt hatte auszusprechen, dass sie niemanden wollte außer ihn, dass der Takt ihres Lebens sich danach bemaß, dass sie auf ihn wartete und ihn sah. Dass sie unaufhörlich an ihn dachte, selbst wenn sie mal nicht an ihn dachte. Dass er da war wie ein wiederkehrender Traum, eine Hintergrundmusik, ein Seufzen in ihrem Herzen, ein unerreichbarer Horizont, eine ewige Wunschvorstellung. Dass sie geheiratet, zwei Kinder bekommen und eine Buchhandlung aufgebaut hatte, um die Zeit herumzukriegen, aber all das … nichts war angesichts einer Minute mit ihm. Dass ihr das genügte und sie davon abgesehen am Rande eines Abgrunds stand. Dass die Gegenwart nicht möglich war, dass ihre Beziehung, die Beziehung zwischen ihm und ihr in der Vergangenheit und der Zukunft weiterlief, doch welcher Zukunft? Und was, wenn die Zeit gar nicht existierte? Ein paar geflüsterte Worte konnten die Ewigkeit sein. Und in diesen Augenblicken gab es nichts anderes mehr. Ihr Herz zersprang jedes Mal, wenn sie ihn sah, die Welt erwachte wieder zum Leben, und hinterher war sie, Amélie, nichts mehr, ein Nichts. Warum strahlte jeder Moment mit ihm wie die Ewigkeit, hallte ein Treffen so lange nach und erschien ihr hinterher alles andere lächerlich und gleichgültig? Würden all diese Fragen eines Tages beantwortet werden? Warum begegneten sie einander mit so viel Respekt?

Sie streckte ihre Hand vor, doch bevor sie diese alles verändernde Geste vollführen konnte, griff er nach seinem Handy. Er zeigte ihr ein Foto: Es handelte sich um ein Baby. Furchtbar hässlich, zahnlos und dick, mit tief liegenden Augen, Hängebacken und ein paar albernen Löckchen oben auf dem Kopf. Ein scheußlicher, widerlicher Säugling, gedrungen und pausbäckig wie ein dickliches Marshmallow, ein grässlicher Sprössling, randvoll mit Haferschleim, Joghurt aus grünen und orangen Becherchen, ein kleiner dämonischer Wonneproppen, ein grauenvolles, abstoßendes Baby-Schreckgespenst! Eins von der Sorte, die dir bei der Geburt den Damm zerreißen, bevor sie mit ihrem Geschrei dein Trommelfell zum Platzen bringen, dich nachts wie ein größenwahnsinniger, hysterischer, manisch-depressiver Psychopath stündlich aus dem Schlaf reißen und nach dem Windelwechseln sofort wieder losstrullern, ein Magen auf Beinen, der dir diesen üblen, ekelerregenden, halb verdauten Milchbrei übers neue Kleid spuckt und dessen einziges Ziel darin besteht, dein Leben zu zerstören, dein Leben als Frau, dein Leben als Erwachsene, dein Leben als Liebespaar, eins von der Sorte, die als Jugendliche, wenn sie gelernt haben, ein paar Wörter zu stammeln, ihr Zimmer nur noch verlassen, um dir mitzuteilen, dass du die schlimmste Mutter von der ganzen Welt bist, und dich im Alter nicht mehr kennen, außer bei deiner Beerdigung, wo sie eine Krokodilsträne an deinem Grab vergießen, kurz: Heulend kommt es zur Welt, und heulend wird es dich beerdigen – ein grässliches Baby!

»Meine Tochter …«, sagte er. »Ich bin total vernarrt in sie!«

»Du hast eine Tochter? Das wusste ich nicht«, murmelte sie. »Wie alt?«

»Neun Monate. Was für ein Glück!«

»Ja, was für ein Glück«, seufzte sie.

Gerührt sah er sie an, dann:

»Das ist das Beste, das ich je erlebt habe. Das Beste im Leben.«

Genau wie die Träume.

Hätte sie ihm gern gesagt.

»Und die Liebe?«

»Das hier ist Liebe«, antwortete er, »absolute Liebe.«

»Was?«, fragte sie zitternd.

»Du wirst schon sehen, jetzt wo du Kinder hast, verstehst du sicher bald, was lieben wirklich heißt.«

Sie glaubte, sie müsse in Ohnmacht fallen, als er das sagte. *Da begriff sie, dass er seine Frau nie geliebt hatte.*

12

Vor sich die Landschaft, schlief Vincent am 3. August 2009 in einer traurigen, melancholischen Stimmung ein, zurückversetzt in die Kindheit, wo er auf Gefühle stieß, die tief in seinem Unbewussten verschüttet lagen. Sein Traum führte ihn zurück in jene Zeit, als er zusammen mit seinen Eltern und dem großen Bruder nach Spanien in den Urlaub gefahren war. Seine Mutter hatte mit ihnen am Strand Steine gesammelt, auf die sein Bruder und er mit Pinseln und Filzstiften fröhliche Bildchen gemalt hatten. In Weiß und Blau, wie das Meer.

Für einen Augenblick verweilte er in diesem Traum, der so wirklichkeitsnah war. Er schwebte irgendwo zwischen Einbildung und Realität. Manchmal fehlte ihm sein Bruder. Vielleicht hätte er seine Zweifel und Ängste mit ihm teilen können. Mit seinen Eltern konnte er kaum reden, sie hätten seine Befindlichkeit nicht verstanden; seinen Freund Charles, der inzwischen in London wohnte, sah er nur noch selten, er fühlte sich unendlich einsam. Wie sollte man dem Leben eine neue Chance geben, sich der Welt öffnen? Er empfand es als wohltuend, sich einfach gehen zu lassen, sich allem zu überlassen, dem Glück des Nichtstuns zu frönen.

Morgens schluckte er seine Antidepressiva und abends Schlaftabletten. So konnte er allem entfliehen. Der Mittagsschlaf, den er jeden Tag machte, war sein geheimer Rückzugsort, der Moment, in dem er sich selbst losließ oder wieder fing. Die einzige Möglichkeit, sich zu widersetzen. Der Moment der Depressiven. Der Schuldigen, der Süchtigen, all derer, die den Schlaf als Ersatzbefriedigung brauchen. Der Außenseiter und Asozialen, der Sozialfälle. Selbst der Schlaf muss produktiv, nichts darf überflüssig sein. Er schloss die Tür seines Büros ab, wenn er sich hinlegte, er schämte sich dafür, und wäre er nicht in diesem Zustand gewesen, in den ihn seine Medikamente versetzten, wäre es nicht zwingend nötig gewesen, hätte er sich dieses schändliche Laster niemals erlaubt. Aber er konnte nichts dagegen tun. Es war mehr als nur eine unbändige Lust, ein Bedürfnis, das aus seinem tiefsten Innern kam. Aller Widerstand war zwecklos. Es verlangte ihn unaufhaltsam danach, und jedes Mal wurde er fortgetragen in eine andere Welt. Manchmal wünschte er sich, nie mehr zurückzukommen.

***

Eine Hand über den Augen, lag Amélie seitwärts im Sessel und dämmerte benommen in einen Schlaf hinüber, der von tausendfarbigen Bildern erfüllt war, von psychedelischen, bizarren und wilden Träumen. Beim Einschlafen hatte sie wieder den Albtraum, der sie seit Jahren heimsuchte. Sie saß mit Fabrice in einem Auto, auf einer Brücke, plötzlich scherte das Auto aus und stürzte ins Meer, wo es langsam versank. Sie wachte auf, rang nach Luft, in dem Gefühl, von sehr weit her zurückzukehren. Sie wusste, dass der Traum eine Metapher für ihr Leben war. Sie hing zwischen den Welten. Sie musste sich herauskämpfen, zurück in die Wirklichkeit, sich umsehen, den schwerfällig gewordenen Körper hochhieven, ihr ganzes Gewicht spüren. Als hätte der Schlaf sie alles vergessen lassen. Das Haus, das sie für die Ferien mit ihrem Mann gemietet hatte, ihre Kinder, ihre Ängste und die Verzweiflung.

***

Vincent erwachte, stand auf und blickte vom Balkon ihres Apartments aufs Meer. Sie hatten ein kleines Haus gleich hinter dem Dorfplatz gemietet. Diesmal hatte sie ihn dazu gezwungen, weil er nie Urlaub machen wollte, für gewöhnlich blieben sie im August in Paris, oder sie fuhr ohne ihn, er brachte sie und die Kinder zum Bahnhof und ging nach Hause, heilfroh, endlich allein zu sein, befreit von einer Last, er war nicht gern mit ihnen zusammen, und selbst wenn er da war, war er woanders, für sich in seinem Zimmer. Im September kamen die Kinder braun gebrannt und fröhlich zurück. Sie wurden größer. Jules war inzwischen acht und Joséphine drei.

Am Vorabend hatten Sophie und er einen Babysitter genommen und waren zum Essen ausgegangen. Das Restaurant an dem kleinen Platz war auf eine antiquierte Weise romantisch. Sie wirkte sommerlich in ihrem leichten Kleid, mit den Sandalen und einem Glas Rosé. Sie hatte abgenommen, wurde wieder schön und strahlend wie damals, als er sie kennengelernt hatte.

»Das ist seit Langem unser erstes Abendessen zu zweit«, sagte sie. »Kennst du viele Paare, die das können: wie echte Verliebte essen zu gehen? Ich glaube, unsere Geschichte ist stark, und wir als Paar auch.«

Er trank ebenfalls, was er sonst nie tat. Sie unterhielten sich, über die Arbeit, über dies und das, sie schien glücklich zu sein.

Hinterher schlenderten sie über den Platz zu einer Bank und setzten sich. Er nahm ihre Hand, und sie lehnte ihren Kopf an seine Schulter.

***

Amélie schaute aufs Meer, das in der Sonne glitzerte. Fabrice war neben ihr eingeschlafen, Arthur spielte in seinem Zimmer, Pauline machte Mittagsschlaf. Sie hörte ein surrendes Geräusch. Auf dem Handy ihres Mannes, das auf dem Nachttisch lag, gingen mehrere Nachrichten ein. Es lag da, das iPhone, griffbereit. Hektisch gab sie die PIN ein. Sie versuchte es mit seinem Geburtsdatum, natürlich klappte es, das Handy ging an.

Sie war sich über die Bedeutung dieses Augenblicks im Klaren. Gleich würde sie sein Leben entdecken und eine Antwort auf all ihre Fragen bekommen. Gleich würde sie in die Privatsphäre und die Gedankenwelt desjenigen eindringen, der an ihrer Seite lebte, der ihr am nächsten stand und gleichzeitig meilenweit entfernt war. Doch es brauchte ein wenig Ruhe, um die Situation halbwegs unter Kontrolle zu bringen und ihr wild pochendes Herz zu beruhigen. Zuallererst musste der Flugmodus aktiviert werden, damit es nicht plötzlich klingelte und er womöglich aufwachte. Sie stand auf und ging ins Badezimmer. Niemand kennt dich so gut wie dieses Ding, dachte Amélie. Niemand hat derartig den Überblick über deine Tricksereien. Auch wenn du über dein Leben Bericht erstatten solltest, würdest du ganze Teile davon vergessen, doch das Ding hier vergisst nicht. Es enthält alles, was du aufgehoben und archiviert, ja sogar was du verworfen hast. Es besitzt dich mehr, als du es besitzt.

Das hier bist du. In meinen Händen.

Womit sollte sie beginnen?

Am naheliegendsten waren die Fotos. Ihr Blick fiel sofort auf die Urlaubsbilder mit den Kindern. Viele Fotos von Arthur, nur wenige, sehr wenige von Pauline. Videos von ihm, die beweisen sollten, was für ein toller Vater er war. Auch Filme, wie er seinem Sohn bei den Hausaufgaben half, was nur ein einziges Mal vorgekommen war. Und wieder mit ihm, wie er übertrieben auf vertraut machte. Der Vater als supersympathischer, aufgedrehter Kumpel, der sich über die »nervige« Mutter lustig macht. Dann zusammen mit ein paar Freunden in irgendeinem orientalischen Land, wo sie protzig feierten, wodurch die gefilmten Szenen seltsam verlogen wirkten. Es folgten Fotos von einem Hotelzimmer in Monaco, Videos aus einem Nachtclub, auf denen nichts zu erkennen war, Vorträge auf einem Medizinerkongress, auf dem er schulmeisterlich wie ein Arzt bei Molière daherredete. Und plötzlich wurde ihr Blick auf das Foto eines kleinen Mädchens gelenkt, das ihm seltsam ähnlich sah und nicht Pauline war. *Ein anderes kleines Mädchen.*

Amélie, wie ihr das Herz bis zum Hals schlägt, zitternde Hände. Wer ist dieses Mädchen? Amélie, die hektisch mehrere SMS liest, Schweißausbrüche, ihr pochendes Herz, und dazu die Angst, Fabrice könnte aufwachen, bevor sie die Wahrheit kennt.

Sie begann die vielen SMS zu lesen, die er sich mit einer Frau namens Lisa geschrieben hatte, darunter folgende:

»Ich hab echt das Gefühl, manche Frauen wollen bloß, dass man per SMS bei ihnen ist, bist du auch so eine?«

»Nein, warum?«

»Ich treffe bloß Bekloppte im Netz. Bist du auch ein bisschen gaga?«

»Nein, aber wenn ich mit jemandem zusammen bin, muss ich innerlich beben.«

»Ich auch. Ist gar nicht so leicht, oder?«

***

Als er von seinem Nachmittagsschlaf erwachte, hörte Vincent ein Vibrieren. Es war Sophies Handy. Sie war mit den Kindern unten am Pool. Es reizte ihn, es zu nehmen und nachzuschauen. Wer war eigentlich diese Frau, *seine* Frau? Was für ein Leben führte sie wirklich? Betrog sie ihn noch immer? Er streckte die Hand aus, griff nach dem Telefon und hörte plötzlich Geräusche. Es gelang ihm gerade noch, es unter der Bettdecke verschwinden zu lassen.

Sophie war zurückgekommen.

»Du hast nicht zufällig mein Handy gesehen?«

»Nein, wieso?«

»Bloß so«, sagte sie und schaute ihn komisch an. »Ich muss es hier irgendwo hingelegt haben. Es sei denn, du hast es.«

»Ich hab's nicht«, antwortete er betont locker. »Ehrlich nicht.«

Er spürte, wie das Telefon in seiner Hand vibrierte.

»Und was ist das für ein Geräusch?«

***

Das Telefon in der Hand, lief Amélie durchs Wohnzimmer. Sie hörte es klingeln, ein Name leuchtete auf: *Lisa.* Ein paar Minuten später traf eine Nachricht ein, zusammen mit einem Foto. *»Chloé möchte ihren Papa treffen.«* Ein Foto von dem kleinen zweijährigen Mädchen mit den großen grünen Augen, den schmalen, zusammengepressten Lippen und den Locken, der Kleinen, die Fabrice so ähnlich sah.

Plötzlich stand er in der Tür. Fabrice war aufgewacht und schaute sie an. Amélie ging geradewegs hinaus in den Garten, ließ ihr Kleid fallen, unter dem sie ihren Badeanzug trug, und sprang mit dem Telefon in der Hand in den Pool.

»Was tust du da?«, schrie Fabrice. »Bist du übergeschnappt oder was?«

»Wer ist das?«, fragte sie und zeigte ihm das Foto auf dem Handy.

»Keine Ahnung«, sagte er. »Was meinst du?«

»Wenn du mir nicht sagst, wer das ist, schmeiß ich dein Handy ins Wasser.«

Sie schwang das Telefon durch die Luft und tat, als würde sie es jeden Moment in den Pool fallen lassen.

»Wer ist das kleine Mädchen auf dem Bild?«

»Gib es mir sofort zurück. Das ist mein Arbeitshandy, möglich, dass ich zu einem Notfall gerufen werde.«

»Zu einem Notfall? Im Urlaub?«

Sie schwenkte das Handy über dem Wasser.

»Wer ist Lisa?«

»Lisa ist … eine Schwesternhelferin. Alles klar? Sie hilft mir, weiter nichts.«

»Und wobei hilft sie dir?«

Fabrice sprang wutschnaubend herum und verlangte sein Handy zurück.

»Na los, sag schon. Wer ist Lisa?«

»Na schön, eine durchgeknallte Tussi. Sie hat mich angebaggert.«

»Wann? Wie?«

»Das war alles deine Schuld«, sagte er. »Hast du dich mal angeguckt?«

Arrogant, voller Verachtung, herablassend. Sie hatte verstanden und bebte vor Zorn.

»Ist die Kleine deine Tochter?«

»Was meinst du?«

»So wie sie aussieht, gibt's da wohl keinen Zweifel! Ist dieses Mädchen deine Tochter?«

»Die sind mir beide komplett egal, Lisa genau wie ihre Tochter. Ich habe nichts damit zu tun. Hast du kapiert? Sie hat mir ein Kind angehängt. Dann muss sie's auch ausbaden. Meine Familie seid ihr. Wenn du das kapiert hast, können wir weitermachen, du und ich.«

***

Einige Stunden später saß Vincent mit Sophies Telefon in einem Café und schaute sich ihr Profil auf Facebook an, wo sie sich mit ihren Liebhabern unterhielt, die sie im Netz kennengelernt hatte. Sophie lächelnd, Sophie im Badeanzug, am Strand, auf feuchtfröhlichen Partys, mit ihren Freundinnen, dann schwanger. Sophie brachte eine kleine Tochter zur Welt. Sophie, Sophie, Sophie.

***

Ihr Leben war ein gewaltiges Chaos, das auf Treibsand gebaut war, und sie versank darin, zusammen mit ihren zwei kleinen Kindern, ohne die leiseste Ahnung, wie es weitergehen sollte!

Wer hätte gedacht, dass ihr Mann mit der jungen Frau, Lisa, ein Kind hatte, dass er alles unternommen hatte, damit sie es abtrieb? Sogar zehntausend Euro als Entschädigung hatte er ihr angeboten, bevor er sie und seine Tochter verlassen hatte.

***

»Ich möchte wirklich – ja, wirklich –, dass du es verstehst. Ich wünschte, ich könnte es dir erklären. Ich muss verführen, ich brauche das, sonst fühle ich mich nicht lebendig. Kannst du versuchen, das zu verstehen? Das hat nichts mit dir zu tun. Übrigens hat das alles keinerlei Bedeutung, es ist vollkommen unwichtig … Ich tue das nur für mich, weil ich es brauche. Wenn du das verstanden hast, können wir gemeinsam etwas Neues beginnen.«

***

Amélie erinnerte sich plötzlich an einen Wortwechsel in den vielen erbärmlichen SMS, die sie auf dem Handy ihres Mannes entdeckt hatte, den sie besonders niederschmetternd fand:

»Nein, aber wenn ich mit jemandem zusammen bin, muss ich innerlich beben.«

»Ich auch. Ist gar nicht so leicht, oder?«

Innerlich beben. Ist gar nicht so leicht, oder? So viele Begegnungen innerhalb eines Lebens. Man kann mit sehr vielen Leuten zusammen sein, doch nur ein Mensch auf der Welt schafft es, uns aus der Bahn zu werfen.

Da nahm sie ihr Handy, um eine Nachricht an Vincent zu schicken. Es war wie ein verzweifelter Hilferuf. Sie wollte ihn sehen, ihm alles sagen, erzählen. Von ihrem Leben, ihrem erbärmlichen Leben.

***

Im gleichen Moment griff Vincent zum Telefon, um Amélie zu schreiben. Er wollte ihr sagen, dass die Liebe alles zugleich ist, vergänglich und ewig, flüchtig und endlos, großartig und armselig, knauserig und verschwenderisch, intensiv und fade, sanft und grausam, dass sie Wahrheit ist und Lüge, Leidenschaft und Vernunft, Aufrichtigkeit und Heuchelei, Natürlichkeit und Täuschung, Zärtlichkeit und Brutalität, Größe und Verfall, Herrlichkeit und Elend, Freude und Trauer, Illusion und Realität, Hoffnung und Verzweiflung.

Er wollte ihr sagen, dass durch die Liebe aus Lachen Weinen wird, aus Reden Schweigen, aus Gesprächen Verwünschungen, aus Liedern Gebrüll, aus Tiefe trügerischer Schein, aus Ekstase Gleichgültigkeit, aus Eifersucht der Wunsch, den anderen endlich los zu sein, aus einem Traum ein Albtraum, aus Begehren Abscheu, aus Lust Schmerz, aus Wonne Grauen, aus Sexfantasien Mordfantasien, aus Idealismus Fatalismus, aus Einbildung Realität, aus dem Seelenverwandten ein Verdammter, aus dem Liebhaber ein Bruder, dann ein Feind, aus der Geliebten eine Mutter, dann eine Schwester, aus der Schwester eine Cousine, aus der Cousine eine Nachbarin, dass sie, die Liebe, uns vom Rathaus zum Gericht führt, von Gedichten zu Beschimpfungen, von Liebesworten zu Geschrei, vom Geschrei zu Anwaltsbriefen, von der Romantik zum Zynismus, vom Handeln zur Unterwerfung, vom Entzücken zur Enttäuschung, von der Überraschung zur Alltäglichkeit, vom Rasen der Zeit zur Langeweile, von der Unmöglichkeit, allein zu sein, zum lebenswichtigen Bedürfnis nach Unabhängigkeit, vom Besonderen zum Allgemeinen, vom Einzigartigen zum Gewöhnlichen, vom Vertrauen zum Entsetzen, vom Respekt zur Herablassung, von der Bewunderung zur Verachtung, vom Wohlwollen zur Zerstörungswut, vom Glück zum Unglück und zur

Verzweiflung. Oder aber die Liebe war nichts von alledem. Vielleicht hatte all das gar nichts mit der Liebe zu tun. Sie war weder eine Gefühlssache noch eine erotische oder gar freundschaftliche Begegnung. Sie war bloß eine Frage der Zeit. Er war seiner Frau in einem Moment über den Weg gelaufen, als sie gefühlsmäßig offen für ihn war, in einem Moment, da sie davon träumte, der Liebe zu begegnen, als sie Lust auf Kinder hatte. Von LIEBE sprach man nur deshalb, weil man nicht wahrhaben wollte, dass es an so etwas Banalem lag wie dem *kairos*, dem günstigen Zeitpunkt, der das Leben bestimmt und den man im Namen großer Idealvorstellungen so oft übersah. Vor allem aber wollte er ihr sagen: Im Leben kann man mehrmals lieben, doch eine große Liebe hat man nur einmal.

»Wie geht's dir, Amélie?«

»Mittelprächtig, und dir?«, antwortete sie.

»Ungefähr genauso …«

»Bist du gerade in Paris?«

»Nein«, schrieb er. »Im Urlaub, mit Sophie und den Kindern.«

»Ah, wie nett. Du unternimmst also Reisen mit ihnen.«

»Anscheinend nicht oft genug!«

»Ist das ein Vorwurf an dich?«

»Mir wird so einiges vorgeworfen.«

»Oh, das tut mir leid!«

Insgeheim freute sie sich. Sie klammerte sich an Nebensätze, an nebensächliche, vage Bemerkungen, weil sie weiter daran glauben wollte, dass für sie beide – noch immer – alles möglich war.

»Wann kommst du zurück?«, fragte sie.

Da sagte er es ihr. Er erzählte ihr, dass er umgezogen war, er hatte Paris verlassen und lebte jetzt in Hongkong, wo er seine Firma ausbaute, er hatte beschlossen, ein neues Leben zu beginnen, und dieses Leben gefiel ihm, selbst wenn es eine Menge Arbeit erforderte. Er würde sie anrufen, wenn er das nächste Mal in Paris war. Sehr gern würde er sie wiedersehen.

Sie war bestürzt, ja regelrecht schockiert, dass er sie nicht nach ihrer Meinung gefragt hatte, bevor er weggegangen war. Sie hätte Nein dazu gesagt. Nein! Sie fragte sich: Wie kann er mir das antun? Er hatte ihr nicht einmal angekündigt, dass er weggehen würde. Er dachte nicht an sie, nicht daran, was sie davon hielt, wie sie sich fühlte, nicht an ihr Leben, ihr banales und erbärmliches Dasein, was sie wohl tat oder nicht tat, das alles war ihm egal, denn er liebte sie nicht!

Mit aufgerissenen Augen und zuckenden Lidern dachte sie, dass diese beiläufige Verletzung sie mehr schmerzte als die Tatsache, dass ihr Mann sie betrog, dass er ein Kind mit einer anderen Frau hatte und die Liebe im Grunde genommen nicht existierte.

13

Die Wohnung lag im Dunkeln. Sophie schlief in ihrem Bett. Im Zimmer nebenan schreckte Jules aus dem Schlaf. Er hatte Geräusche im Haus gehört. Jemand machte sich an der Tür zu schaffen. Er stand zitternd auf und schlich hinaus, leise, damit seine Schwester nicht aufwachte. Der Eindringling kam den Flur entlang, ging ins Esszimmer, wo er sämtliche Schubladen aufzog, doch er nahm weder Schmuck noch Geld, offenbar war er hinter etwas anderem her. Mit angstvoller Miene beobachtete das Kind ihn aus seinem Versteck heraus.

Plötzlich fand der Mann, wonach er suchte. Fotoalben. Während er sich mit der Taschenlampe seines iPhones Licht machte, blätterte er sie eilig durch, überflog die Hochzeitsbilder, die Urlaube mit den Kindern, Alltagsszenen. Da erst erkannte Jules seinen Vater.

In dem feinen Lichtstrahl schaute sich Vincent das Fotoalbum von seiner Hochzeit an. Wie sehr er sich verändert hatte. Er war alt geworden, seine Haare waren grau meliert, um die Augen herum hatte er Falten bekommen, auch über den Wangen, und da er in den letzten Monaten kaum noch Appetit verspürt hatte, hatte er abgenommen. So war er beinahe wieder so schlank wie mit zwanzig.

Was hatte ihn bloß dazu getrieben, sie zu heiraten? Er hatte geglaubt, er sei verliebt in sie, was er sicherlich auch gewesen war, jedenfalls für eine kurze Zeit, eine Stunde, eine Minute vielleicht. Wahrscheinlich lag es am Zauber des Augenblicks, an dem familiären Druck, seiner guten Erziehung. Oder er hatte es aus Höflichkeit getan, aus Anstand. Um seinen Eltern eine Freude zu machen und besonders seinem Schwiegervater, der ihn so beeindruckte.

Nein, das war nicht die ganze Wahrheit. Als er sie verlassen wollte, hatte sie ihm eröffnet, sie sei schwanger. Ein Zufall? Vielleicht, doch nun kam es nicht mehr infrage, nicht mehr verliebt zu sein. So war er erzogen worden, das hatte man ihm seit jeher eingebläut. Er hatte zugenommen, gleichzeitig mit ihr. Er arbeitete viel, er las, schlief nicht, blieb oft bis zum Morgengrauen wach, wurde von Magengeschwüren geplagt. Immer die Angst. Seit Langem litt er still vor sich hin. An der Distanziertheit, am Schweigen, am Geschrei, an der Ungerechtigkeit seines Lebens, das nicht sein Leben war, an der Entfremdung, an Kummer, manchmal auch an seiner Wut. Er litt an Liebesentzug. Er hatte alles versucht, er wollte standhaft bleiben, zu seinem Eheversprechen stehen, treu sein, doch darüber war ihm seine Seele abhandengekommen. Mit jedem Tag gab er mehr von sich auf. Er war schwermütig, voller Schmerz und Trauer. Seine Frau bekam keine Rollen mehr am Theater, außer zu Hause, wo sie die »gezähmte Widerspenstige« gab. Sie blieb daheim und wartete, wurde immer verbitterter, ständig schrie sie, sie brüllte ihn und die Kinder an, kommandierte ihn herum, erklärte ihm, was er tun solle, und er gehorchte. Mit den Kindern war sie immer zornig. Sie hatten Angst vor ihr, nicht vor ihm. Es war, als wären die Rollen vertauscht. Die beste Zeit war noch immer die der großen Ferien, wenn er mit seiner Familie, nein, nicht in den Urlaub fuhr, sondern sie zum Bahnhof brachte, um in Paris weiter seiner Arbeit nachzugehen. Nach dem Sommer der ungeheuren Entdeckung waren sie nie wieder zusammen weggefahren. Dafür hatte er sich auf Reisen begeben. Für seine Arbeit kam er aus New York zurück und fuhr oft nach London, wo sie nach seiner Rückkehr aus Hongkong hingezogen waren. Als er diesmal vom Flughafen kam, hatte er nicht nach Hause fahren können. Er hatte in einem Hotel eingecheckt, wo er sein Gepäck und sein Herz ließ, beides gleichermaßen schwer, und war nachts in die Wohnung gekommen, um seine Sachen und auch die Fotoalben zu holen.

Vincent hob den Kopf, da stand sein Sohn, ihre Blicke trafen sich. Jules hatte verstanden. Er nahm ihn in den Arm, mehrere Minuten lang. Nur mühsam hielt er die Tränen zurück. In aller Eile, aus Angst, Sophie könne wach werden und eine Szene machen, gab er der schlafenden Kleinen einen Kuss und packte ein paar Sachen und die Fotoalben in eine Tasche, zuletzt noch ein Buch, ein einziges Buch, das er aus dem Bücherregal nahm, ein Buch aus seiner Jugend, von einem besonderen Tag, an den er sich noch immer erinnerte, ohne dass er wusste, warum, und in dem ein Name und eine Telefonnummer standen. Dann schlich er sich leise wie ein Dieb aus seiner Wohnung.

Am nächsten Tag hinterließ er Sophie eine Nachricht und nahm den Zug nach Paris, wo er nachts eintraf. Auf seinem Telefon hagelte es Schimpftiraden, inständige Bitten und Drohungen, da blockierte er sie.

Wie soll man Schluss machen, ohne sich selbst zu verleugnen, wie einen Punkt hinter eine solch lange Geschichte setzen? Wie begreifen und akzeptieren, dass man sich verrannt hat? Dass er schon lange nicht mehr an ihre Ehe glaubte, er das erste Kind aus Versehen und das zweite aus einem Pflichtgefühl heraus gezeugt hatte? Wie sollte er sich das erklären, es überhaupt erklären? Wie sollte er alles, was er zusammen mit seinem Schwiegervater aufgebaut hatte, ihre gut gehende Firma, auflösen? Wie die ungewisse Zukunft verkraften, mit den dauernden Anschlägen und dem wachsenden Terrorismus in den Städten, wodurch das Gefühl der Unsicherheit immer stärker wurde? Er setzte sich in eine Bar in der Rue du Bac, ganz in der Nähe seiner alten Wohnung. Die Menschen tranken, redeten, lachten, das iPhone vor sich auf dem Tisch. Da fragte er sich, mit wem er sich an diesem Abend treffen könnte. Die Welt lag zum Greifen nah, doch er hatte keine Freunde mehr. Angesichts seiner vielen Reisen und nach seiner Hochzeit hatten sich die meisten Kontakte verflüchtigt. Seine Eltern waren alt, er hätte sie nur beunruhigt, wenn er sie ins Vertrauen zog, außerdem hatte er keine Lust auf Erklärungen. Selbst seinen besten Freund Charles hatte er aus den Augen verloren. Seine Frau hatte ihre Eltern, die Verwandtschaft und Freunde von ihm ferngehalten. Sie und er lebten in einer Blase, wie abgeschottet von der Welt. Er war allein. Er trank ein Bier, dann noch eins und noch eins. Plötzlich spürte er ein deutliches Drängen. Äußerlich wirkte er vollkommen ruhig und beherrscht, doch in seinem Innern geriet alles in Begeisterung. Er sah auf Facebook nach, dann auf Instagram. Und dort entdeckte er sie. Amélie, die einen Schriftsteller bei sich in der Buchhandlung zu Gast hatte. Amélie auf unzähligen Schwarz-Weiß-Bildern, elegant, dezent. Und Paris: bei Sonnenuntergang, im Regen, unter einem Regenbogen, im Winter. Ihre Buchhandlung mit den Regalen aus hellem Holz. Auf einer Buchmesse. Im Sommer, am Meer. Im Winter, im Skianzug. Auf einem Empfang, bei einem Abendessen, einem Konzert. Ein Lächeln auf den Lippen, jugendlich und zart. Ihre Kommentare feinfühlig, melancholisch, mit der Zeit immer philosophischer, über das Leben, die Liebe, die Literatur. Zitate von Albert Cohen, von Rilke. Amélie, die sich treu geblieben war. *Und immer allein auf den Fotos – Amélie.*

Er spürte, wie sein Herz aufgeregt schlug, und folgte ihr, ein paar Minuten später folgte sie auch ihm, und er schickte ihr eine Nachricht auf Instagram.

»Pariserin?«

»Einmal Pariserin, immer Pariserin. Und du?«

»Ich bin zurück.«

»Echt jetzt?«

»Diesmal ja. Zu spät, um noch was trinken zu gehen?«

»Nein, aber ich muss früh raus, wegen der Kinder.«

»Dann bleiben ja noch ein paar Stündchen …«

»Also? Entweder ich zieh meinen Schlafanzug an oder stelle den Wecker.«

»Oder vielleicht auch beides. Wieso Schlafanzug?«

»Weil ich gerade aus dem Bad komme und keine Lust hab, mich wieder anzuziehen.«

»Ach so, okay … na dann gute Nacht, Amélie!«

»Wer sagt, dass man nicht auch im Schlafanzug was trinken gehen kann?«

»Stimmt, wer sagt das?«

»Du, glaube ich.«

»Ich?«

»Ich zieh meinen Schlafanzug an und wir treffen uns.«

»Und wo?«

»Unterm Eiffelturm?«

»Okay.«

»Im Ernst?«

»Warum sollte ich es nicht ernst meinen?«

»In zehn Minuten unterm Eiffelturm.«

An diesem Abend staunte der Eiffelturm nicht schlecht, die beiden wiedervereint unter seinen Pfeilern zu sehen. Sie war dünner geworden, sie leuchtete, strahlte vor Freude und Leichtigkeit, nie war sie so gut aussehend gewesen, so anders, so gleich, voller Heiterkeit, munter wie ein Spatz, wie es heißt, auch wenn Spatzen nicht munter sind, sie sind weder munter noch betrübt, da es für alles bloß Momente gibt.

Er fragte, wie es ihr gehe, was sie gerade tue, wie ihre Buchhandlung liefe. Seit es Amazon gab, war sie in Schwierigkeiten. Die Leute bestellten ihre Bücher fast nur noch online. Sie wusste nicht, wie es weitergehen würde. Seit ihrer Scheidung war sie allein mit den Kindern. Allein? Das verwirrte und verunsicherte ihn. Da fragte er sie, wie es ihr wirklich gehe. Wie es um sie stand. *Er wollte es wissen.* Was? Ob sie frei sei. Ob sie jemanden habe.

Und plötzlich, mitten im Satz, hörte er ihr nicht mehr zu, er begehrte sie. Tief in seiner Freude und Traurigkeit verspürte er eine Art Glückstaumel. Er freute sich so ungeheuer, mit ihr hier zu sein, er war so froh, dass er sie sehen konnte. Er hätte ihr gern tausend Dinge erklärt und ihr gesagt, was er für sie empfand, er wollte sie in den Arm nehmen, sie festhalten und küssen, die ganze Nacht, ein Leben lang.

Da erklärte er ihr mitten im Satz, dass er sie liebe, er liebte sie seit dem ersten abwesenden Blick, seit ihrem ersten Schweigen, dem ersten verfehlten Kuss, dem ersten Abschied, ihrer ersten missglückten Verabredung, dem ersten verpassten Rückruf, dem ersten Missverständnis, ihrem ersten Auseinandergehen, der ersten Hochzeit, dem ersten Kind, der ersten Scheidung. Er betete sie an, sie schien ihm so unerreichbar, dass es ihm verrückt vorkam, sie auch nur zu berühren. Kannten sie sich tatsächlich seit zwanzig Jahren? Das waren zwanzig Jahre vertaner Liebe, ein Abstand von zwanzig Jahren, der zusammenschrumpfte, wenn seine Hand sie berührte, zwanzig Jahre an Blicken, gemeinsamen Mittagessen, Umwegen und Ungesagtem, und plötzlich strömten zwanzig Jahre der Lust wie tausend reißende Flüsse in einen Ozean, der Abstand schwand. Am liebsten hätte er geweint, gelacht, Freudensprünge gemacht und sie immerzu angeschaut, von ihr, durch sie und in ihr gelebt, durch sie hindurch; er wollte sie verschlingen, sie trinken, anstatt ihr essend und trinkend gegenüberzusitzen, so groß war seine Verwunderung, dass sie lebte und er sie ansehen konnte.

Es war ein feierlicher Augenblick. Doch sie versuchte nicht, seine Worte zu ergründen, diese Worte, auf die sie doch ihr ganzes Leben lang gewartet hatte, sie hörte ihm nicht zu, sah ihn nicht, begriff nicht. In den letzten zwanzig Jahren war ihre Liebe zu ihm immer lebendig geblieben, sie war gewachsen, hatte gezittert, gezuckt, hatte sich geängstigt, war heller geworden oder hatte sich verdunkelt, sie hatte geseufzt, sich echauffiert, hatte die Geduld verloren, hatte Hunger gehabt und Durst, sie war nicht tot, aber sie war verwirrt worden, um nicht zu sagen: sämtlicher Illusionen beraubt.

Der Eiffelturm, der von tausend Lichtern erstrahlte, erlosch plötzlich, und sie nutzte die Gelegenheit, um zu verschwinden, sie rannte so schnell sie konnte davon, so schnell, dass sie ganz außer Puste war und ihr Herz wild hämmerte – schließlich trug sie Turnschuhe und ihren Schlafanzug.

14

Nach dem Eiffelturm, dem Geständnis, dem Gefühlsausbruch und ihrem nächtlichen Joggingausflug kam Amélie erschöpft nach Hause. Sie verstand nicht, wieso diese Worte und Gesten, auf die sie schon so lange wartete, ausgerechnet jetzt kamen, an diesem Abend, in diesem Augenblick. Um sie herum drehte sich alles. Sie legte sich so wie sie war ins Bett und schlief in einem Gefühl vollkommener Ratlosigkeit, ja fassungslos ein.

Einige Monate zuvor hatte sie in der Rue Oberkampf Nr. 109 im Café Charbon, einem Pariser Bistro mit großem Tresen, hinter dem sich eine Bar mit Tausenden Flaschen erstreckte, Jérémie getroffen.

Dort hatte er auf einer der roten, blutroten, tiefroten, frankreichroten Sitzbänke auf sie gewartet: ein schöner Mann, brünett, mit dunklen, glühenden Augen, dunkler Teint, charmantes Lächeln, stolze Haltung.

»Hallo Amélie. Ich freue mich, dass du es bist, denn ich habe dich gleich bemerkt, als du reinkamst. Ich dachte … hoffentlich ist das die Frau, die ich auf Meetic getroffen habe!«

Innerhalb weniger Sekunden erzählten sie sich alles

Wesentliche. Sie war geschieden, er war ledig, jünger als sie, sie hatten Lust, sich näher kennenzulernen.

Nach der Scheidung war sie allein, mittellos und musste ganz von vorn anfangen. In einer Vereinbarung, die sie mit dem Anwalt ihres Exmannes getroffen hatte, hatte sie ihren ganzen Besitz an ihn abgetreten, damit sie das Sorgerecht für die Kinder bekam. Bei der Scheidung hatte sich Fabrice als noch hartherziger erwiesen als in der Ehe. Er hatte ihr alles genommen, einschließlich der Wohnung, die sie von ihren Ersparnissen gekauft hatte. Ihr blieben nur die Buchhandlung und die Bücher, die sich immer schlechter verkauften. Sie hatte alles verloren, was sie sich in all den Jahren aufgebaut hatte. An dem Tag, als sie herausgefunden hatte, dass ihr Mann noch eine Tochter hatte und dass er diese Tochter im Stich gelassen hatte, war alles wie ein Kartenhaus zusammengestürzt, genau wie die Liebe und damit auch ihr Traum vom Glück.

Also hatte sie sich an einem einsamen Abend, als die Kinder bei ihrem Vater waren, auf Claras Rat hin bei einer Dating-Plattform angemeldet. Sofort waren die Personen, die Persönlichkeiten, die Menschen wie Spielkarten vor ihr aufgetaucht. Fotos, im Profil, von vorn, manchmal auch von hinten, von Kopf bis Fuß oder als Porträt, Männer, Männer, Männer. So viele Möglichkeiten, zum Greifen nahe, sie brauchte nur kurz über ihren Laptop wischen. Wie viel Hoffnung in diesem tiefen Tal der Einsamkeit und Verzweiflung!

So war sie in dem Café in der Rue Oberkampf gelandet, es war ihr erstes Treffen dieser Art. Sie tranken etwas, dann noch etwas, und danach noch etwas. Es war spät, er bot ihr an, sie nach Hause zu bringen, es war das Natürlichste der Welt, als wären sie seit jeher ein Liebespaar, küssten sie sich im Auto, vor ihrer Haustür, sie kuschelte sich in seinen Arm, als täte sie es jeden Abend, als würden sie sich schon ewig kennen, sich wiedererkennen. Sie wusste, dass Meetic Verabredungen leicht machte, einfach und schnell, es ging nur um den Moment. Doch tags darauf rief er sie wieder an, er wollte sie noch am selben Abend sehen, sie sagte, sie könne nicht, sie hatte Angst und wollte sich schützen, sie hatte schon genug durchgemacht. Er ließ nicht locker. Als sie auflegte, war sie froh, ja außer sich vor Glück, dass sie begehrt wurde. Als sie sich in demselben Café wiedersahen, wussten sie nicht mehr, worüber sie reden sollten. Sie schaute ihn an. Mit seinen hinreißend geschwungenen Augen und dem feingezeichneten Mund war er schön. Als er ihre Hand nahm, zog sie sie zurück; als er sie im Auto erneut küssen wollte, ließ sie es geschehen.

Er schickte ihr mehrere SMS, doch sie sagte die Verabredungen jedes Mal ab, dachte, dass sie nichts gemeinsam hätten, er zu jung für sie sei, und teilte ihm mit, dass sie sich nicht mehr schreiben sollten. Sie dachte, ich verpasse gerade etwas Schönes, Großes, aber ich bin nicht fähig dazu, denn ich kann nicht mehr lieben. Mehrere Tage vergingen, trübselige, traurige Tage. Eines Abends dann war sie mit ein paar Leuten im Bastille-Viertel unterwegs, ihren alten Freunden von der Uni. Einige von ihnen hatte sie über Facebook wiedergefunden, andere nie aus den Augen verloren. Mit fünfundvierzig hatte Clara ein Liebesleben hinter sich, das genauso turbulent verlaufen war wie ihr Berufsleben. Die anderen hatten geheiratet und

Kinder bekommen, hatten sich scheiden lassen und noch mal geheiratet und noch mal Kinder mit jemand anderem bekommen oder nicht. Sie waren alle kaputt, wieder vergeben, vom Leben gezeichnet und lädiert.

Schüchtern und glücklich kam Jérémie auf die Gruppe zu, und als er sich zu Amélie hinüberbeugte, um sie auf die Wange zu küssen, spürte sie ihr Herz bis zum Hals schlagen. Inmitten der allgemeinen Unterhaltung führten sie ein geheimes Gespräch, zu dem nur sie die Codes besaßen.

»Am Tag meiner Hochzeit«, sagte sie, »wollte ich plötzlich nicht mehr. Mein Vater hat mich an der Hand genommen und zu mir gesagt, du gehst jetzt da raus.«

»Warum wolltest du nicht mehr?«

»Ich dachte, ich mache eine Riesendummheit.«

»Und warum hast du's dann getan?«

»Weil ich in einen anderen verliebt war, der eine andere liebte.«

Und dieser andere, dachte sie, ist fort und hat sich nicht einmal von mir verabschiedet. Dieser andere hat mich ganz sicher längst vergessen, und auch meine Erinnerung an ihn verblasst. Ich denke nicht mehr allzu oft an ihn, ich denke nicht mehr wie früher an ihn. Dieser andere hat Kinder mit einer anderen bekommen. Also liebte er sie nicht, und dieser Gedanke erlöste plötzlich ihr Herz und machte sie frei für die Liebe.

Als sie das Café verließen, gaben sie sich die Hand. Kurz darauf lag sie wieder wie beim ersten Mal in seinen Armen, in seinem Auto. Am Ufer der Seine, das von den funkelnden Lichtern desselben Eiffelturms erleuchtet wurde, wendete sich plötzlich alles.

Es begann für sie ein ganz neues Leben, das darin bestand, den Kindern Abendbrot zu machen, sie zu Bett zu bringen, rasch ein Bad zu nehmen, sich zurechtzumachen, sich anzuziehen, zu schminken und auszugehen, ihn zu treffen, zu küssen und zu umarmen, bevor sie eilig und noch vorm Morgengrauen wieder zurück nach Hause fuhr. Sie erzählten einander alles von sich. Sie: von ihren Eltern, ihrem Studium, ihrer Buchhandlung, ihrer Scheidung, den Kindern, die ihr Ein und Alles waren. Er: von seiner Kindheit in der Banlieue, dem kleinen Restaurant seines Vaters, seiner Familie, seinem Häuschen, seinem Garten, seinem Beruf: Er war Autoverkäufer.

Eines Abends lud er sie in das Restaurant ein, das sie beide so sehr mochten, das Bistro in der Rue Oberkampf, das zu ihrem Lieblingsort geworden war.

»Ich muss dir was gestehen«, sagte er.

»Was?«

»Es ist schwer zu erklären, aber du solltest es wissen. Ich bin nicht sonderlich gebildet. Ich habe in meinem ganzen Leben noch nie was gelesen, ich hab nicht mal Abitur, wenn du mit mir redest, verstehe ich lauter Wörter nicht. Das sollst du wissen, weil ich nicht will, dass du mich falsch einschätzt.«

In diesem Augenblick wurde ihr klar, dass sie verliebt war. Und sie hatte gedacht, ihr Herz könne nichts mehr empfinden, dass es vorbei sei mit der Liebe, für immer vorbei, dass sie entlassen sei aus dem Gefängnis, das die

Gesellschaft, ihre Eltern und die Märchen um sie herum errichtet hatten, sie hatte geglaubt, sie sei durch mit allem, seit sie gelebt, geheiratet und Kinder bekommen hatte und ihren Ehemann, der sie nicht mehr liebte, auch nicht mehr liebte, doch unter dem Blick dieses Mannes schien es wieder zum Leben zu erwachen. Sie kam mit sich selbst ins Reine, mit der Liebe und dem Fest des Lebens.

Sie hatten keinen speziellen Ort, sondern viele: das Auto, die Ufer der Seine, Restaurants, seine Wohnung, sämtliche Viertel und Straßen, sie hatten keinen speziellen Ort, doch ganz Paris gehörte ihnen. Sogar die Lichter auf der Seine, wenn sie spätabends nach Hause kam und die Kinder schliefen. Die versteckten Parks, wo sie sich im Frühling zum Picknick verabredeten. Der Eiffelturm im menschenleeren August. Im regnerischen Herbst ließ das Marais-Viertel sein Straßenpflaster glänzen, und die Île Saint-Louis legte ihr Postkartengewand an. Der Trocadéro hielt im kalten Winter seinen allerschönsten Blick auf den Eiffelturm für sie bereit. Paris hatte sich verändert und wurde zu einem Fantasie-Paris, einer betriebsamen, unwirklichen Traumstadt.

Auf diese Weise hatte sie Vincent vergessen. Bis zu dem Augenblick, da er sie kontaktiert hatte, um sich mit ihr überraschend unter dem Eiffelturm zu verabreden. Und dann war sie weggelaufen, sie war so schnell sie konnte gerannt, zurück zu dem Mann, den sie liebte, der ihre Nächte und Tage beherrschte, und vor allem zurück zu ihrem neuen Leben: Denn sie war schwanger!

15

Nach dem Treffen unterm Eiffelturm lief Vincent lange durch die Nacht. Er fragte sich, warum Amélie weggerannt war, er sagte sich, dass es ganz sicher an ihm lag, dass sie ihn nicht liebte, er ihr nicht gefiel, dass er sich bloß eingebildet hatte, sie sei frei, was sie in Wirklichkeit vielleicht gar nicht war.

Er hatte sich geirrt, er hatte das seltsame Spiel des Lebens, der Liebe und des Zufalls nicht durchschaut, er hatte sich lange über seine eigenen Gefühle getäuscht, und jetzt erklärte er seine Liebe einer Frau, die gar nichts von ihm wollte. Sie und er, das gab es nicht, nicht für ihn, nicht für sie. Er hatte immer gedacht, er wäre vor ihr davongerannt, und dabei war sie es, die wegrannte!

Bald war es Mitternacht, und er stand an der Place de la Sorbonne, jenem Ort, an dem sie sich kennengelernt hatten, gestern erst, vor mehr als zwanzig Jahren. Er hatte auf sie gewartet, sie war nicht gekommen, das war ein Zeichen, ein Wink des Schicksals. Und doch war da dieser Blickwechsel gewesen, auf dem Gang in der Warteschlange, er erinnerte sich, wie sehr sie ihm gefallen hatte, so jung und kindlich, unschuldig und unfertig, das ganze Leben vor sich. Er rief sich ins Gedächtnis, wie sie ins Gespräch gekommen waren, ihr Lächeln, und die lange Nacht, in der sie miteinander geredet hatten, über alles und nichts, auch über die Liebe. Plötzlich wurde ihm klar, dass er sich an jenem Abend ganz einfach verliebt hatte, ohne es zu merken. Wie ein Blitzschlag, der nie aufgehört hatte zu zucken und seit dem ersten Tage andauerte. Er hatte ihr gesagt, dass sie schön sei. In dem Moment, in dem alles eine andere Wendung hätte nehmen können, hatte er eigentlich ihre Hand nehmen, dann ihren Mund küssen wollen, er hätte verstummen sollen, anstatt zu reden und die Unterhaltung fortzuführen, er hatte nicht den Mut dazu gehabt, sich gesagt, er hätte später noch genug Zeit, und als sie gegen vier Uhr morgens aufgebrochen waren, war da eine gewisse Unschlüssigkeit gewesen, natürlich hatte er Lust gehabt, sie mit zu sich zu nehmen, und fast hätte er es ihr auch vorgeschlagen, doch dann hatte er seine Meinung geändert, er hatte sich gesagt, dass es zu überstürzt sei, er wollte nicht, dass es zu schnell ging, also hatte sie ein Taxi genommen und ihm zum Abschied kurz gewinkt, und er war zu Fuß nach Hause gegangen, fröhlich und leicht hatte er sich gefühlt, wie von lauter Glück erfüllt. Ein Gefühl, das er danach nie mehr verspürt hatte, bis zu jenem Tag, als er sich sagte, dass sie es sei. Was war nur in all der Zeit geschehen? Gab es einen schadenfrohen Gott, einen boshaften Schöpfer, der sich in ihre Geschichte eingemischt und ihn beim Wort genommen hatte, um eine grausame Strafe über ihn zu verhängen?

Der Platz war leer, alles war still. Auf dem Straßenpflaster schlief ein Mann. Auch er selbst war von zu Hause fortgegangen, mit nichts als einem Koffer in der Hand. Eigentlich konnte er sich gleich neben den armen Kerl dort legen. Er war frei und verloren. Er wusste nicht, wo er hinsollte, und streifte durch die Stadt. Er kannte Paris bewölkt, er kannte es romantisch, kannte ein nostalgisches und ein trübsinniges Paris. Ein abenteuerliches Paris bei den Hafenanlagen am Ufer der Seine im 13. Arrondissement. Allzu oft ein graues, verregnetes Paris, lange Sonntage, die sich endlos hinziehen, alle Fensterläden geschlossen, wenn man nichts mit sich anzufangen weiß. Paris im April, wenn alles wieder zu neuem Leben erwacht. Paris im Schnee, wenn sich der Verkehr staut und die Autos nur noch im Schritttempo fahren, um nicht ins Schleudern zu geraten. Er hatte Paris im Sommer erlebt, wenn die Straßen menschenleer und die Geschäfte geschlossen sind – wenn es keine Bäckerei, keinen Fischladen, ja nicht mal einen Buchladen mehr gibt. Einen 15. August, völlig allein, während seine Frau mit den Kindern in den Urlaub gefahren war. Im gesamten Viertel war es still. Kein Laden, keine einzige Bäckerei hatte auf. Wie in einer Geisterstadt. Er war an den Quais entlanggelaufen, in einem seltsamen Gefühl der Freiheit und Einsamkeit, der Angst und Zufriedenheit. Er hatte Partys mitgemacht, lustige Nächte, traurige Nächte, Nächte, in denen er herumgeirrt war, durchwachte Nächte. Da waren die Lieder von Gainsbourg im Morgengrauen. Verräucherte Bars, lächelnde und lachende Gesichter. Ein fleißiges Paris, unter den grünen Lampen der Bibliothek Sainte-Geneviève, eines Wissenstempels, in dem die Studenten für die Aufnahmeprüfung an den Grandes Écoles büffelten. Ein Paris, das sein Elend klagte, das Hunger hatte und oft fror. Ein

Paris des verborgenen Reichtums mit prächtigen Villen, herrschaftlichen Stadtpalais und weitläufigen Terrassen.

Ein Paris, in dem die Türen schlagen, die Fenster im Sturm wackeln. Ein überfülltes und kaltes Paris an einem Silvesterabend. Er träumte von dem ausgelassenen Paris in Montparnasse, wo in den Goldenen Zwanzigern die Künstler zusammenlebten, sangen und tanzten, wo sie malten, schrieben und bis zum Morgengrauen feierten. Er mochte es, nach einer langen Nacht die Seine auf seinem Nachhauseweg im Rausch zu überqueren. Den Eiffelturm an einem Sommerabend aus einem Taxi heraus zu betrachten. Die Morgendämmerung draußen vor einem Café zu genießen und die vorbeiströmenden Leute zu sehen. Drückend heiße Sommer oder kalte, verregnete, wegen des Klimawandels. Im Herbst roch es nach Sommer. Der Frühling kam nie. Er wusste nicht mehr, wann der Winter anfing, wann die Jahreszeiten begannen. Er hatte die Orientierung verloren. Die Lebenskrise, die sich immer angedeutet hatte – nun trat sie offen zutage. Jetzt, da er sich in der Mitte seines Lebens befand, fragte er sich, was sein Leben ohne Liebe wert war.

16

»Was ist los, Madame? Warum sind Ihre Einnahmen in den letzten drei Jahren dermaßen zurückgegangen?«

»Bücher verkaufen sich nicht mehr. Die Leute lesen nicht mehr. Weder im Bus noch im Zug noch in den Wartezimmern, manche Ärzte haben sogar schon die Zeitschriften abbestellt, weil die Leute sie nicht mehr ansehen, sie lesen auch abends vor dem Einschlafen nicht mehr. Sogar ich lese nicht mehr! Die Kultursendungen sind verschwunden, mal abgesehen von *La Grande Librairie*. Kein Mensch guckt das mehr, weil die Leute nicht mehr lesen. Also wird auch nichts mehr verkauft! Die meisten Bücher erreichen inzwischen nur noch eine Auflagenhöhe von fünfhundert Stück.«

»So dramatisch?«

»Sie hängen alle über ihren Handys, genau wie Sie und ich. Facebook, Instagram, soziale Netzwerke, Tinder. Sie tun nichts anderes mehr! Doch das ist nicht das Schlimmste! Das Schlimmste ist Netflix. Netflix hat uns den Rest gegeben. Jeder ist süchtig nach ›seiner‹ Serie.«

»Stimmt, ich gucke auch nur Serien. Kennen Sie *You*? Die ist klasse.«

»Ich mag *The Spy* lieber.«

»Ah ja, ist die gut?«

»Ja, echt spannend.«

»Wie fanden Sie die letzte Staffel von *House of Cards*?«

»Nicht allzu berauschend. Ich gucke lieber *Scandal*.«

»Gut. Was gedenken Sie zu unternehmen?«

»Keine Ahnung. Was schlagen Sie vor?«

»Wir müssen Ihre Ausgaben senken. Ihnen ist schon klar, dass Sie so nicht weitermachen können?«

»Ich denke ständig daran. Ich spare. Ich kaufe meine Kleidung nur noch bei Zara und H&M. Ich bin in eine kleinere Wohnung gezogen. Ich fahre mit der Metro und dem Bus. Noch weniger geht nicht.«

»Wenn Sie es nicht schaffen, Ihre Ausgaben zu senken, müssen Sie eine Lösung finden, um Ihr Einkommen zu erhöhen.«

»Wie soll das gehen? Ich habe eine Buchhandlung, wenn ich Sie daran erinnern darf. Was genau soll ich denn tun?«

»Bitte, nicht in diesem Ton, Madame. Ich versuche hier bloß, Ihnen zu sagen, dass die Bank nicht mehr bereit ist, das mitzutragen …«

»Nicht mehr bereit, das mitzutragen? Ihnen ist schon klar, dass ich seit fünfzehn Jahren Ihre Kundin bin, eine treue wohlgemerkt, mit Höhen und Tiefen, sicher, aber dennoch treu, und außerdem hatte ich auch gute Jahre, das wissen Sie genau.«

»Nicht seit Ihrer Scheidung. Wir befinden uns in einer Wirtschafts- und Finanzkrise, die alle betrifft, Madame, und Ihre Einkünfte reichen offensichtlich nicht mehr aus, um Ihren Lebensstandard zu sichern und Ihre Buchhandlung zu tragen! Wir sind nicht dazu da, Ihre Verluste auszugleichen, wir sind eine Bank, begreifen Sie, kein Kreditinstitut … Können Sie nicht irgendwelche anderen Bücher verkaufen? Solche, die gut gehen? Bestseller?«

»Die verkaufe ich ja, durchaus«, sagte Amélie. »Außerdem noch Papier, Kugelschreiber, Postkarten, sogar Schmuck! Ich habe meine Buchhandlung nach und nach in einen Concept Store verwandelt, sonst käme ich gar nicht zurecht.«

»Gute Idee!«

»Nur leider reicht das nicht. Hören Sie, ich habe eine menschliche Beziehung zu meinem Bankberater, und ich möchte bei dieser Bank bleiben, wenn möglich.«

»Ich weiß, aber … es tut mir leid, seit zwei Jahren sind Sie permanent im Minus und … ich sage Ihnen was, die Politik unseres Hauses hat sich geändert, und wir dachten, es ist besser, wenn wir Sie umlenken …«

»Wohin?«

»Richtung Geschäftsaufgabe. Ist das klar?«

»Überaus klar. Wie viel Zeit bleibt mir noch, bis ich meinen Laden dichtmachen muss?«

»Bis zum 31. Dezember dieses Jahres, Madame.«

Mittel- und kinderlos kehrte Amélie in ihre kleine Wohnung im Marais zurück. Ihre Buchhandlung war so gut wie bankrott. Ihr Exmann hatte es geschafft, das gemeinsame Sorgerecht zu bekommen, indem er die Kinder von ihr weggelotst und auf perfide Weise so beeinflusst hatte, dass sie am Ende sogar gegen ihre eigene Mutter ausgesagt hatten. Fabrice schrieb ihr weiterhin jeden Tag, obwohl er, nachdem er seine Geliebte und die gemeinsame Tochter im Stich gelassen hatte, eine neue Familie gegründet hatte, mit einer Frau, die drei Kinder mit in die Beziehung brachte. Zusammen bildeten sie eine perfekte Familie, zu der nun auch seine eigenen Kinder gehörten, wie es der WhatsApp-Gruppe zu entnehmen war, die ihr Exmann erstellt hatte, »die Familie des Glücks«. Die Familie des Glücks fuhr in einem Geländewagen, wohnte in Neuilly und machte Urlaub am anderen Ende der Welt, überließ die Kinder jedoch komplett sich selbst, die sich endlos Netflix-Serien reinzogen, Videospiele spielten und E-Zigaretten rauchten, ohne dass sich jemand um ihre Hausaufgaben oder Schlafenszeiten gekümmert hätte. Ausgehungert, verstört und aggressiv kamen die Kinder wieder bei ihr an. Da sie nur noch damit befasst waren, die geraden und ungeraden Wochen zu zählen und die Tage, damit alles gleichauf war, kamen sie beim Rechnen nicht über die 2 hinaus. Zwei Wochen, zwei Kinder, zwei Haushalte, zwei in der Schule. Alles in ihrem Leben war zwei. Selbst in ihren Telefonnummern kamen haufenweise Zweien vor. Sie hatten alles doppelt. Schulsachen, Kleidung, Geburtstage und Familie. Nicht nötig, genau hinzusehen, schließlich gab es in beiden Haushalten alles, sodass sie alles vergaßen, ihre Hefte, ihre Hausaufgaben, ihre Freunde, ihre Einfälle und Träume, ihre Wünsche, ihre Zukunft und ihre Vergangenheit, sogar wer sie waren. Eine Woche lang waren sie bis drei Uhr morgens auf Instagram, Facebook und WhatsApp unterwegs, und in der nächsten lernten sie für die Schule. Eine Woche lang spielten sie Fortnite und in der nächsten Klavier. Mal bekamen sie eine Eins minus in Französisch und dann wieder eine Sechs. Arme kleine zweigeteilte Körper, die doch gar nichts verlangt hatten. Arme gespaltene Herzen. Sie hatten nicht gewollt, dass ihre Eltern sich trennen, und wollten auch nicht den Preis dafür zahlen. Sie waren nicht auf Gleichstand aus. Alles was sie wollten, war, dass der Kampf aufhörte. Der Kampf um die Kinder, der Kampf zwischen Mann und Frau und das Desaster, dass dieser Kampf ihr Alltag war. Sie aufwachsen zu sehen war so schmerzvoll und wohltuend zugleich, dass Amélie zuweilen daran dachte, alles aufzugeben und mit ihnen weit weg zu gehen, für immer zu verschwinden.

Und sie? Sie war halb Frau, halb Mama, halb Vater, halb Mutter, halb Buchhändlerin, halb Lehrerin, Kindermädchen und Köchin. Eine Woche war den Hausaufgaben gewidmet, der Schule, den regelmäßigen Mahlzeiten, dem Spielen und der Familie, und in der anderen war sie frei. Dank der Gleichheit hatte sie die Freiheit wieder. Und Brüderlichkeit sogar auch, denn immerhin fand sie jetzt wieder Zeit, ihre Freunde zu sehen.

Seit drei Jahren trauerte sie um das Kind, das hätte zur Welt kommen sollen und in ihrem Bauch gestorben war. Diese unaussprechliche Sache, die nicht existiert und die dennoch allgegenwärtig ist und sämtliche Träume beherrscht. Das Baby, das nicht da war, der abgetriebene Fötus, der verlorene Traum, das Kind von Jérémie, das sie so sehr gewollt hatte, gab es nicht mehr, es würde nie mehr existieren, außer in ihren Erinnerungen. Mal Mädchen, mal Junge, hatte das Fantasiebaby alle möglichen Gesichter, und sie liebte es mit eingebildeter und zugleich echter Liebe.

Als er von ihrer Schwangerschaft erfuhr, hatte Jérémie sie verlassen. Er glaubte, sie hätte ihn in eine Falle gelockt, er wollte kein Kind, er fühlte sich zu jung dafür, noch nicht bereit, wie er sagte. Hatte er je erfahren, dass sie das Baby am Ende verloren hatte? Sie wusste es nicht. Er war nie zu ihr zurückgekommen. Oft fragte sie sich, ob er sie auch allein gelassen hätte, wenn sein Kind schon auf der Welt gewesen wäre, so wie ihr Ehemann seine Geliebte und die Tochter im Stich gelassen hatte, das kleine Mädchen, das ihm so ähnlich sah. Die Frage quälte sie tief in ihrem Innersten. Wie konnte man sein Kind verstoßen, aus Opportunismus oder Angst, aus Feigheit, Gedankenlosigkeit oder Grausamkeit …

Sie war die Mutter des Kindes, das sie bei der Fehlgeburt verloren hatte, und die Mutter der Kinderhälften, die sie zur Hälfte betreute, und die ein Opfer der Intrigen ihres Vaters geworden waren. Hin und wieder schliefen Fremde unter ihrem Dach, und in ihrer Erinnerung ruhte ein totes Kind. Lauter unwirkliche Söhne und Töchter, die mit wirklicher Liebe geliebt wurden. So war es. Früher hatte sie ganze Kinder gehabt. Und dann eines Tages hatte sie keine mehr. Eines Tages war sie verliebt gewesen, dann war sie es nicht mehr. Sie hatte so viel geweint, dass ihr Herz darüber ganz fühllos geworden war.

Als sie von ihrem Banktermin nach Hause zurückkehrte, begegnete ihr auf der Straße eine Mutter aus der Schule, die mit ihren drei Kindern an ihr vorbeiging. Als sie Amélie sah, blickte sie verlegen zu Boden. Diese Frau, die sie gar nicht kannte, hatte es für gut befunden, gegen sie auszusagen. Lüge und Heuchelei, Anmaßung und Eifersucht …

Sie betrat ihre Wohnung, nahm ein Bad und machte sich für das Abendessen zurecht. Sie betrachtete sich im Spiegel. Nach fünfzig Jahren hatten sich Falten in ihre Stirn gegraben und um ihre Augen, die härter, reifer, selbstsicherer dreinblickten. Ihr Gesicht und ihr Körper trugen die Spuren der Zeit, gegen die sie mit Fasten und Sport verbissen ankämpfte, nur um weiterhin jung zu wirken … Sie trug ihr Haar jetzt kürzer und war einfach gekleidet, Jeans, dazu ein weißer Pulli und Turnschuhe.

Sie war bei ihrer Freundin Clara eingeladen, die ein Treffen mit den Freunden von damals organisiert hatte, als sie noch Studenten waren und zusammen in der WG wohnten, und die sich seither aus den Augen verloren hatten. Schon lange hatte sie den Termin mithilfe einer Doodleliste festgesetzt. Amélie hatte keine sonderliche Lust hinzugehen, doch wie sollte sie sich entziehen. Sie glaubte nicht mehr an die Liebe, an das, was man sich gegenseitig vorspielte, nicht an die Freundschaft oder die Freunde von früher. Sie wusste nicht, wie es weitergehen sollte, und fragte sich müde, worin der Sinn ihres Lebens bestand, der Sinn des Lebens ganz allgemein. Wenn sie ihre alten Eltern in Bernay besuchte, fand sie die Ruhe auf dem Land wieder, die ihrer geschundenen Seele guttat, und dachte bei sich, dass es gar nicht so übel war. Im Alter waren sie sanfter, liebevoller. Indem sie sich mit ihnen aussöhnte, machte sie auch Frieden mit sich selbst, ihrer Kindheit. Sie waren seit sechzig Jahren zusammen. Im

Laufe der Zeit hatten sie sich miteinander abgefunden. Hatten sie damit recht, hatten sie unrecht?

Sie nahm ein Uber und fuhr durch Paris. Da waren Straßen, bei deren Namen sie ins Träumen geriet: Rue Rosa-Bonheur, Rue Dieu, Rue Sainte-Félicité … Sie mochte die breiten geraden Prachtstraßen im 8. Arrondissement, die mittelalterlichen Straßen, die Place de la Bastille, die Place de la République und sogar die Place de la Nation. Eine Fahrt von einem Arrondissement ins nächste gleicht einer Reise, so sehr ändern sich die städtische Landschaft und die Menschen. Sie hatte jedes Viertel geliebt, in dem sie gewohnt hatte, hatte dort Gewohnheiten entwickelt, Freundschaften aufgebaut, sie hatte ihre Orientierungspunkte, ihre Gemüsehändler, ihre Märkte und Sporthallen.

Sie liebte die Stadt für ihre Weinberge und Straßenlaternen, ihre ansteigenden und absteigenden Straßen, für die baufälligen Häuser, die Sozialwohnungen und die Viertel der Reichen, die Dachkammern mit Klo auf der Etage und die weitläufigen Wohnungen, die Quais, die Lichter am Abend, in der Nacht … und für das Morgengrauen nach den schlaflosen Nächten, für die dunklen oder fahlen Dämmerungen, wenn Vögel zwitschern, für die Tauben auf dem Pflaster, die traurigen Parks im Winter, und für den Jardin du Luxembourg, die majestätische Place Vendôme, für die Brücken, die Nacht, die Quais, für ihre unvermeidlichen Briefträger, auch wenn es gar keine Briefe mehr gab, für die Buchhändler, selbst wenn die Bücher verschwanden, und die Bouquinisten, diese

Relikte aus einer anderen Zeit, für ihre Museen, die Staus, die Pärchen, die sich küssen, und diese ganzen Klischees. Für die Versprechungen und Zärtlichkeiten, die geschäftigen Samstage und traurigen Sonntage, für alles, was offen bleibt, wenn die Türen sich schließen, weil sie sich nicht so einfach hingibt und sich rasch wieder entzieht, für alles, was sie sagt und was sie nicht sagt, was sie lebt und was sie nicht lebt, für diese unergründliche Melancholie, das Ewiggestrige und ihre Nostalgie, dafür, dass man ins Träumen gerät, wenn man sie sieht, die Stadt Paris.

Froh über das Wiedersehen, saßen sie schließlich gemeinsam in Claras Wohnung, hörten Massive Attack und erinnerten sich an die Momente, die sie zusammen erlebt hatten, gigantische Feten, all die Leute, die sich dort rumgetrieben hatten, dieser Deutschschweizer, der drei Monate geblieben war, vielleicht war er auch Kroate, niemand wusste, wer er war, wo er hinwollte oder wie er überhaupt hieß. Und als Amélies Eltern sie besucht hatten und dachten, jedes Zimmer hätte ein eigenes Bad. Und als Schluss war mit der Wohnung, weil es wegen eines Lecks in der Gasleitung gefährlich wurde und sie die Fenster immer aufließen, mit Anoraks und Mützen in der Winterkälte. Sie hätten durch das Gift umkommen können, dann hätte man sie am nächsten Morgen alle tot aufgefunden. Sie hätten nie geheiratet, nie geliebt, hätten sich nicht scheiden lassen, hätten nicht gewonnen und nicht verloren, was vielleicht gar nicht so schlecht gewesen wäre. Durch den Gesprächsnebel drang etwas an Amélies Ohr, das sie aufschrecken ließ. Jemand murmelte: »Hast du mal was von

Vincent Brunel gehört?« Und eine Stimme antwortete: »Eine Freundin hat mir erzählt, dass er seine Frau verlassen hat und wieder in Paris wohnt. – Allein? – Allein.«

Alles begann sich plötzlich um sie herum zu drehen, ihr wurde ungeheuer schwindlig.

Sie stand vom Tisch auf, nahm ihr Handy und schrieb mit zitternden Fingern an Vincent, fragte, was er macht, und ihr Herz fuhr auf, als er sofort zurückschrieb: *»Ich warte auf dich.«*

17

Als Amélie an einem Tag im Mai zum Café auf der Place de la Sorbonne kam, saß Vincent bereits davor. Sie blieb kurz stehen und betrachtete ihn. Seine Haare waren an den Seiten länger, dazu ein Dreitagebart. In seiner Jeans und dem blauen Hemd wirkte er jugendlich, wodurch sie sich dreißig Jahre zurückversetzt fühlte, auf denselben Platz vor der Sorbonne. Er zog eine Uhr hervor, eine alte Taschenuhr, schaute nach, wie spät es war, und blickte sich suchend um, und in dem Moment sah er sie.

Als sie sich ihm gegenübersetzte, sagte er nichts. Schweigend musterte er ihr Gesicht. Eine ganze Weile sahen sie sich an. Sie hatten beide Falten und graue Haare, die Augen müde wie nach einer schlaflosen Nacht, dazu ihre jugendliche Aufmachung, als würden sie sich nach einer langen, sehr langen Reise wiedersehen.

Vor dreißig Jahre waren sie jung und unbekümmert gewesen, und das Ganze spielte keine große Rolle. Die Begegnungen, die Liebe, das Leben, die Arbeit, die Eltern, die Kinder … Und dann ihre Unterhaltung im Café des Capucines, wo sie so spät noch eingekehrt waren, die ganze Nacht lang, bis zum Morgengrauen, ihr Flüstern:

»Glaubst du dran?«

»Klar glaube ich dran.«

»An die große Liebe?«

»Auch. Und du?«

Sie hatten nicht begriffen. Sie hatten keinen Mut gehabt. Beide waren sie in ihre Erziehung verstrickt, waren gehemmt und befangen und wussten nicht Bescheid. Sie hatten keine Ahnung gehabt, dass das Leben immer die Oberhand gewinnt über die Bekanntschaften und die Liebe, dass man, ob man will oder nicht, allmählich einem Schicksal entgegentreibt, das man nicht mehr im Griff hat, dass man Abzweigungen nimmt gleich Türen, die uns auf Gänge führen, Gänge, die zehn, zwanzig, dreißig Jahre lang sind, dass wir oft einen Menschen heiraten, den wir nicht lieben, dass wir die Liebe unseres Lebens aus lauter Vorsicht, Pech oder Unachtsamkeit verpassen, dass wir Kinder nicht mit denen kriegen, die wir lieben, diese Kinder später aber der Grund dafür sind, dass wir mit ihnen zusammenbleiben, und auch der Grund, weshalb wir schließlich doch auseinandergehen.

»Ich freue mich, dich zu sehen, Amélie«, flüsterte er. »Gut, dass du mich angerufen hast … Wie geht's dir?«

»Ist eine lange Geschichte. Und du, erzähl schon …«

»Seit meiner Scheidung fahre ich oft nach London, um die Kinder zu sehen. Es ist nicht leicht. Aber ich tue das, was möglich ist, für mich, für uns.«

»Wie alt sind deine Kinder jetzt?«

»Jules ist fünfzehn. Und Joséphine zehn.«

Sie schwiegen kurz.

»Und du, deine Kinder?«

»Arthur ist zwölf und Pauline auch zehn.«

»Sie sind noch klein.«

»Ja, viel zu klein, um alles zu ertragen, was wir ihnen zumuten. Manchmal denke ich, dass ich es auf mich hätte nehmen müssen, anstatt es ihnen aufzubürden.«

»Es braucht viel Mut, um sich scheiden zu lassen.«

»Den hatte ich.«

Sie sahen sich an und lächelten. Da nahm er vorsichtig ihre Hand, diese Hand, die zu streicheln er dreißig Jahre zuvor gezögert hatte und die sie nun zum allerersten Mal in seiner ließ.

»Und deine Arbeit?«, fragte sie.

»Tja … Ich habe alles aufgegeben. Du weißt ja, dass ich mit meinem Exschwiegervater zusammengearbeitet habe. Durch die Scheidung habe ich alles verloren. Im Grunde musste ich ihm die Firma überlassen.«

»Wir müssen unsere Fehler teuer bezahlen, stimmt's?«

»Allerdings.«

»Und was machst du jetzt?«

»Musik.«

»Du lebst davon?«

»Nein. Die Dinge haben sich gründlich geändert. Mit den neuen Technologien läuft alles nur noch im Netz. Ich gebe Konzerte, es reicht nicht, aber zum Glück habe ich ein paar Ideen und das nötige Know-how. Zumindest wird meine Arbeit nicht umsonst gewesen sein. Und du, erzähl schon …«

»Ich leide jeden Tag, weil ich meine Kinder nicht sehe«, sagte sie, »und ich leide auch, weil sie so sind wie er, sie übernehmen seine Redensarten, ähneln ihm. Wenn sie bei mir sind, habe ich das Gefühl, ich sehe ihn. Das alles kommt mir so absurd vor.«

»Du hast deinen Mann also nie geliebt?«

»Doch, ich vermute, ich habe ihn mal geliebt, einen Sommer lang. Und du, deine Frau?«

»In den ersten Jahren lief es gut. Es fing nach der Geburt der Kinder an. Oder halt, nein, vielleicht auch schon davor. Vielleicht habe ich sie nie geliebt. Ich war jung, als ich ihr begegnet bin.«

»Nicht so jung wie zu dem Zeitpunkt, als wir uns begegnet sind.«

»Warum bist du damals nicht zu der Verabredung gekommen? Hierher … Du weißt, dass ich auf dich gewartet habe. Vielleicht ist das alles bloß ein Traum, und du kommst gerade erst an? Vielleicht habe ich dreißig Jahre in diesem Café gesessen und auf dich gewartet. Ich wusste, eines Tages würdest du auftauchen.«

»Ich bin da.«

»Ja, du bist da«, sagte er, und sein Gesicht hellte sich auf. »Nach dreißig Jahren. Das nenne ich eine anständige Verspätung!«

»Dann habe ich dir damals also gefallen?«

»Ja, du hast mir gefallen. Und ich dir auch?«

»Und wie … aber ich war so schüchtern.«

»Aber warum … warum hast du nicht früher was gesagt?«

»Mir wurde immer eingetrichtert, ich dürfe nicht den ersten Schritt tun, nicht die Initiative ergreifen, nicht sagen, was ich denke, dass ich schweigen und zuhören soll, im Hintergrund bleiben. Ich dachte, unsere Verabredung damals sei ein Missverständnis, bloß ein Zufall. Dass mit deiner Brille irgendwas nicht stimmt oder du dich nach unserem Treffen irgendwie verpflichtet fühlen würdest.«

»Erinnerst du dich noch, wir haben die ganze Nacht lang geredet. Das hatte ich noch nie erlebt. Ich glaube, eigentlich war ich verrückt. Verrückt nach dir …«

Sie hatte noch immer die Hand in seiner. Er zog sie weg und streichelte ihr über die Wange.

»Ich auch«, sagte sie.

»Und was ist nun damals passiert? Warum bist du zu spät gekommen?«

»Ich konnte nicht.«

»Warum nicht?«

»Ich sah schrecklich aus!«

»Schrecklich?«

»Damals sah ich wirklich schrecklich aus, erinnere dich mal. Der Pony, die Klamotten …«

»Ich erinnere mich, dass ich dich angerufen habe. Du bist nicht rangegangen. Ich erinnere mich auch, dass du sehr hübsch warst. Natürlich nicht so hübsch wie heute.«

»Ich habe den Hörer abgenommen, aber zu spät. Es war keiner mehr dran. Also habe ich mich schnell angezogen, mich zurechtgemacht, aber dann …«

An jenem Tag hatte sie nicht bloß eine Verabredung verpasst, sondern ihr Leben.

»Als wir uns zehn Jahre später wiedersahen«, sagte sie, »warst du verheiratet.«

»Ja, ich hatte inzwischen Sophie kennengelernt. Ich dachte, sie sei die Frau meines Lebens.«

»Ich habe begriffen, dass du sie nicht liebst, als du mir von deiner Entdeckung erzählt hast, davon, was wirkliche Liebe zu deinen Kindern bedeutet.«

»Warum?«

»Das hieß, dass du deine Frau nicht liebst.«

»Ja, das stimmt«, sagte er lächelnd. »Wie sonderbar das Leben doch ist: Man bekommt Kinder mit Leuten, die unter anderen Umständen nicht mal unsere Freunde wären. Einfach nur, weil sie uns zu einem bestimmten Zeitpunkt über den Weg laufen. Es genügt der richtige Zeitpunkt, damit sich zwei Menschen kennenlernen, sich zusammentun und Kinder kriegen, obwohl sie nichts gemeinsam haben, und es genügt der falsche Zeitpunkt, damit andere nicht zusammenkommen, obwohl sie so viel mehr verbindet …«

Endlich schien es, als würden sie nach all der Zeit die Waffen strecken und sich so unterhalten, wie sie es vor dreißig Jahren hätten tun sollen. Wie geht's dir? Was treibst du so? Wer bist du? Was empfindest du? Was wünschst du dir? Was wolltest du von Anfang an? Das ist eine lange Geschichte, ich müsste sie dir erzählen. Jetzt haben wir Zeit genug. Nein, wir haben nicht genug Zeit. Das Leben hat uns ordentlich zugesetzt. Wir haben viel Zeit verloren, wir müssen uns rasch alles sagen.

Ihre Blicke suchten und fanden sich: zwei Seelen, die begierig aufeinander waren. Sie staunte, fast war sie verblüfft, wie fasziniert sie von ihm war. Sie hatte den Eindruck, ihn zum ersten Mal zu sehen. Sie prüfte ihr Herz. Ihre Lust war so groß – sie wäre verbrannt, hätte sie ihn in diesem Moment berührt.

Dreißig Jahre kannten sie sich jetzt, dreißig Jahre, um zu lernen, wie man redet und einander die Wahrheit sagt. Hochzeiten, Scheidungen, Trauer, Kinder, Hunderte Reisen, manchmal bis ans Ende der Welt, Erfolge, Fehlschläge, Qualen, Hoffnungen, Enttäuschungen, verlorene Kinderträume, gestohlene Kindheitsjahre.

Ihr ganzes Leben lang hatte sie versucht, ihn zu vergessen. So viel Leere, Einsamkeit, so viel Angst und Druck. Das andauernde Gefühl, atemlos auf etwas zu warten, in einer permanenten Anspannung, die immer dann verflog, wenn sie ihn wiedersah. Die vielen Jahre, in denen sie ihn aus den Augen verloren hatte, waren Jahre unausgesprochener Liebe gewesen, die endeten, als er ihr an diesem Abend auf dem Platz in die Augen sah, dreißig Jahre voller Träume und Wünsche, die wie tausend Flüsse zu einem Ozean zusammenschossen, Mauern, die einstürzten, als sein Arm sie berührte, was diesmal nicht aus Versehen geschah. Diese einfache Geste erfüllte sie mit unendlicher Glückseligkeit und verschaffte ihr zum ersten Mal das Gefühl, lebendig zu sein.

Da sagte er ihr, dass er sich schon am ersten Tag in sie verliebt habe, und dann noch einmal zehn Jahre später, auf der Silvesterparty, auf der sie sich wiedergesehen hatten, doch da war er nicht allein gewesen. Er hatte so oft an sie gedacht, aber nie den Mut aufgebracht, es ihr zu sagen. Dann das Leben … Ja, wir bezahlen unsere Fehler teuer. Sehr teuer. Er hätte nie gedacht, dass sie Interesse an ihm haben könnte. Er hatte nicht geglaubt, dass er eine Chance habe. Er hatte nicht gewagt, daran zu glauben. Woran?

Dass sie noch immer lieben können.

Einander lieben.

Sie fragte ihn, warum ihre Liebe nicht möglich gewesen sei, und er antwortete, sie sei nicht unmöglich gewesen, sie hätten nur nie gewusst, wie sehr sie möglich war.

Dann schwiegen sie. Sie sahen sich an, wie sie bislang nie gewagt hatten sich anzusehen, mit glühendem Blick. Der Kellner kam und brachte die Karte.

»Sie wünschen?«